U0476534

仮面の告白

假面自白

三岛由纪夫 著

佟凡 译

哈尔滨出版社

图书在版编目（CIP）数据

假面自白 /(日) 三岛由纪夫著；佟凡译. —哈尔滨：哈尔滨出版社，2021.1
 ISBN 978-7-5484-5672-8

Ⅰ.①假… Ⅱ.①三…②佟… Ⅲ.①长篇小说-日本—现代 ①I313.45

中国版本图书馆CIP数据核字（2020）第210799号

书　　名：假面自白
　　　　　JIA MIAN ZIBAI

作　　者：[日]三岛由纪夫 著　佟 凡 译
责任编辑：尉晓敏　赵 晶
责任审校：李　战
版式设计：梁　霞
封面设计：尚燕平

出版发行：哈尔滨出版社（Harbin Publishing House）
社　　址：哈尔滨市松北区世坤路738号9号楼　　邮编：150028
经　　销：全国新华书店
印　　刷：天津丰富彩艺印刷有限公司
网　　址：www.hrbcbs.com　　www.mifengniao.com
E-mail：hrbcbs@yeah.net
编辑版权热线：（0451）87900271　87900272
销售热线：（0451）87900202　87900203

开　　本：787mm×1092mm　1/32　印张：6.5　字数：115千字
版　　次：2021年1月第1版
印　　次：2021年1月第1次印刷
书　　号：ISBN 978-7-5484-5672-8
定　　价：45.00元

凡购本社图书发现印装错误，请与本社印制部联系调换。
服务热线：（0451）87900278

美——这家伙是多么可怕啊!因为它无法墨守成规,所以总是令人提心吊胆。因为上帝总是喜欢给人类留下谜题。在美的世界中,两岸合二为一,一切矛盾比邻而居。我是没受过教育,不过这件事我可是思考了不少。神秘的东西数不胜数!在这个地球上,有太多谜让人类为之苦恼。只要能解开美的谜题,就能从水中冲出而不沾湿一片衣裳。啊,美啊!我最无法忍受的事情,就是连心地善良、老成持重的伟大人类,都往往秉持着圣母的理想踏出脚步,却最终以索多玛的理想而告终。不,还有更可怕的事情。有些人心怀索多玛的理想,却并不否认圣母的理想,打从心底憧憬着美好,宛如身处不谙世事的纯真时代一般,心中燃烧着理想的火焰。不,人心是广阔的,甚至过于广阔了。如果可以做到,我倒是想尝试稍稍将它缩小一些。可恶,简直莫名其妙,真是的!在理性的眼中是耻辱的东西,到了感情的眼中反而成了美。索多玛中真的存在美吗?

……然而,人类这种生物,就是喜欢讲述伤痛。

摘自陀思妥耶夫斯基《卡拉马佐夫兄弟》

第一章

在很长一段时间里，我都坚称看到过自己出生时的情景。每当我说出这种话时，大人们都会笑我，到了最后，他们也许觉得自己是被我捉弄了，于是会用略带憎恶的目光，看着我这张不像孩子的脸，它苍白晦暗。偶尔，我会在不熟悉的客人面前说出这番话，祖母担心我会被客人当成白痴，总是厉声制止我，让我到旁边去玩。

笑我的大人通常都不会用科学的解释来说服我。他们惯用的方法是在兴致来了的时候，带着些表演的成分，以孩子能理解的方式，热情地做些浅显的解释。比如，刚出生的婴儿还看不见东西，就算能看见，也不会留下有明确概念的清晰记忆。当他们摇晃着我瘦小的肩膀，看着陷入深深质疑的我，说着"你说对吧"的时候，似乎又发现自己差点中了我的计。他们觉得，不能因为我是小孩子就大意，我一定是设下了陷阱，要从他们口中问出"那件事"。既然如此，为什么不能更孩子气地询问呢？比如："我是从哪里生出来的？我是怎么生出来的？"结果，他们会再次陷入沉默，带着淡淡的笑容看着我，不知为何，他们仿佛被狠狠地伤了心。

不过，这是他们多虑了。关于"那件事"，我什么都不想问。就算并非如此，我这种唯恐伤了大人心的孩子，也不可能生出设陷阱从他们口中套话的念头。

无论大人说了什么，无论他们对此如何一笑了之，我都坚信看到过自己出生时的情景。也许是因为有某个当时在场的人对我讲述过，又或者只是我自己随意幻想出来的。不过，有一个清晰的画面，我坚信一定是自己亲眼见到的，那就是盛放新生儿洗澡水的浴盆边缘。那是一个崭新而清爽的木制浴盆，从内侧看去，盆边闪着微弱但耀眼的光芒，仿佛是黄金做的。盆中的清水微微晃动，就像一条舌头在向上舔，却总是距离盆边有着一步之遥。不过边缘下的水同样映照出柔和的光芒，也许是因为反射，也许是因为阳光同样照进了水中，小小的光波不停地相互碰撞。

对于这段记忆，最有力的反驳是我并非出生于白天。我出生在晚上九点，不可能有阳光照进房间。有人戏弄我说也许是灯光，但我认为，就算是晚上，阳光洒在盆边的情况也并非是绝对不会发生的，尽管这个推断不合常理。于是，在阳光下摇曳的盆边一次又一次在我的记忆中轻轻晃动，那确实是我亲眼看到的，自己出生时洗澡的情景。

大地震[1]后第三年，我出生了。

---

1 大地震：这里指1923年发生的关东大地震。

我出生的十年前，祖父担任官员时发生了贪污案，他担下了部下的罪责辞职（我无意堆砌玩弄辞藻。像祖父那样完美的品质，那种对他人愚蠢的信赖，我这半生从来没见过）。从那以后，我们家仿佛哼着小调般，迅速沿着斜坡滑落下来。巨额借款、查抄、变卖房子，随着家境越来越窘迫，病态的虚荣仿佛黑暗的冲动般燃烧得越发猛烈。就这样，我出生在市里一处角落，环境不佳，是一栋租来的旧房子。那栋房子有虚张声势的铁门和前庭，西式房间像郊区的礼拜堂一样宽敞。站在坡上看，那是一栋二层建筑，而站在坡下看，则是一栋三层建筑。那栋威风凛凛的房子给人一种错综复杂的感觉，整体散发着阴沉的气息。很多房间光线阴沉，家里有六名女仆。加上祖父、祖母、父亲、母亲，十个人就在这栋像旧衣柜一样嘎吱作响的房子里生活。

祖父在事业上的野心，祖母的疾病和浪费癖，是一家人烦恼的根源。祖父被可疑的吹捧者带来的图纸吸引，抱着一腔黄金梦，时常去远方旅行。祖母出身于历史悠久的名门望族，对祖父又厌恶又轻蔑。她的灵魂孤傲不屈，疯狂且充满诗意。脑神经痛的顽疾委婉又扎实地侵蚀着她的神经，同时让她的理智越发清晰却毫无益处。狂躁的发作一直持续到她去世，但又有谁知道，这是祖父壮年时代罪恶的遗物呢？

父亲就是在这个家里迎娶了我的母亲，那个柔弱而美丽的新娘。

大正十四年[1]一月十四日早晨，阵痛袭击了我的母亲。晚上九点，一个二斤四两的小婴儿出生了。出生后的第七晚，我被套上了法兰绒汗衫、奶白色纺绸裤子和碎白点浴衣，祖父当着一家人的面在奉书纸[2]上写下我的名字，摆在三宝台[3]上，供奉于壁龛中。

过去，我的头发始终是黄色的，不停涂抹橄榄油后终于变成了黑色。我的父母住在二楼。祖母以在二楼养育婴儿太危险为借口，在我出生第四十九天时从母亲手中将我夺走。祖母的病房总是门窗紧闭，散发着疾病与衰老的呛人气味，病床旁并排放着我的小床。我就是在这里长大的。

出生后还不到一年，我从第三级台阶上摔下来，磕伤了额头。当时祖母去看戏了，父亲的堂兄妹们和母亲都因为能暂时喘口气而表现得有些吵吵嚷嚷。母亲突然起身去二楼取东西，我追在母亲身后，结果被母亲拖在身后的和服下摆绊倒，摔下了台阶。

家人给歌舞伎剧团打了传呼电话。祖母回来了，站在玄关，

1　大正十四年：1925年。

2　奉书纸：一种较厚的高级日本纸。

3　三宝台：放供品的台子。由原色柏木做成的方盘，三面有凹形边饰。

右手拄着拐杖,以支撑住身体。她盯着出来迎接自己的父亲,声音出奇地平静,一字一顿地说:"已经死了吗?"

"没有。"

祖母迈着巫女一样坚定的步伐走进家中。

五岁那年的元旦,我吐出了红色的咖啡状物体。主治医生来了,说了一句"救不回来了",但还是为我注射了樟脑液和葡萄糖,两个小时过去了,我的手腕和上臂依然摸不到脉搏,人们都觉得我已经是一具尸体。

一家人聚集在一起,凑齐了白寿衣和我喜爱的玩具。又过了一个小时,我排尿了。母亲的博士哥哥说了句"得救了",因为排尿是心脏工作的证据。不久后,我又排了一次尿。渐渐地,我的两颊重新燃起微弱的生命之火。

自体中毒症[1]便是我的顽疾。每个月都会犯一次,症状或轻或重,我好几次都陷入生命垂危的境地。当疾病向我靠近时,我的意识渐渐能从脚步声中分辨出,自己距离死亡的远近。

我最初的记忆,以不可思议的清晰影像困扰着我的记忆,就

---

[1] 自体中毒症:周期性呕吐,常见于小儿,据说自律神经不稳定的儿童会在疲劳时发病。

是从那时开始的。

我不知道拉着我手的人是谁,也许是母亲,也许是护士,又或者是女仆或者姑母。季节同样并不分明,午后的阳光阴沉沉的,洒在坡道周围的房子上。一名不知是谁的女人,牵着我的手向坡道上方的家走去。对面有人在下坡,女人使劲拉着我的手避到路旁,站住不动。

我不断复习这段影像,一次次加强记忆,一次次集中精力思考。毫无疑问,这段影像每次都会被赋予新的意义。因为在周围朦胧的情景中,只有那个"下坡的人"的身影带上了不恰当的精密。这也是理所当然的,因为这段影像正是我最初的纪念影像,困扰我半生。

下坡的是一名年轻人。他挑着两桶粪,头上绑着肮脏的头巾,面色红润,双目有神,脚步沉稳地从坡上走下来。他是一名挑粪工,穿着胶皮底布鞋和藏青色的贴身细筒裤。五岁的我盯着他,目光异常专注,尽管我当时还不明白其中的明确含义,不过某种力量最初的启示,某种黑暗的神秘呼唤,确实在我耳边响起。这种力量最初显现在挑粪工的身上是有寓意的,因为粪尿是大地的象征,而呼唤我的无疑是大地之母带着恶意的爱。

我有预感,这个世界上有某种热辣的欲望。我抬头看着那名肮脏的年轻人，一种欲望勒紧了我，"我想变成他"，"我希望自己就是他"。我能清楚地回忆起，那种欲望中有两个重点。一个是他藏青色的贴身细筒裤，另一个是他的职业。藏青色的贴身细筒裤清楚地勾勒出他下半身的线条，它仿佛正在柔韧优美地向我走来。面对那条贴身细筒裤，我心中生起了一种不可名状的倾慕之情。我并不知道原因。

至于他的职业，当时我刚懂事，心中就浮现出"想成为挑粪工"的憧憬，这和其他孩子想成为陆军大将是同样的道理。尽管憧憬可能源自于那条藏青色的贴身细筒裤，但绝非仅仅如此。这个主题在我心中兀自强化发展，呈现出奇异的变化。

就是说，我在他的职业中感受到某种尖锐的悲哀，并对那份能碾碎身体的悲哀感到憧憬。我从他的职业中感受到某种"悲剧性的东西"，那是一种极为主观的"悲剧性"。我从他的职业中感到某种称之为"挺身而出"的感觉，某种草率的感觉，某种对危险的亲近，某种虚无与活力的惊人结合。这些感觉喷涌而出，压向五岁的我，俘虏了我。也许是我误解了挑粪工这份职业，也许我从别人口中听说了某种其他职业，又因为我对他的服装产生了误会，牵强地将这些感受套在了他的职业上，否则无法解释。

因为我的情绪与同样的主题，不久后就转移到了花电车[1]司机与地铁检票员身上。在他们身上，我强烈地感受到我所不了解且以为会被永远排除在外的"悲剧性生活"。特别是地铁检票员，当时地铁站里飘着的既像橡胶又像薄荷的气味，与他们蓝色制服胸前的一排金扣子相互作用，轻而易举就激发出我对"悲剧性事物"的联想。不知为何，我在心中将生活在这种气味中的人想象成了"悲剧性的"。我的感官既渴求又被拒绝的某个场所，那里有着与我无关的生活、事件以及人群。这些就是我对"悲剧性事物"的定义，永远被拒绝在外的悲哀总是转化为对他们以及他们生活的向往，我千辛万苦地通过自身的悲哀，努力想要参与其中。

既然如此，我所感受到的"悲剧性"，也许只是因为自己被拒绝在外，而产生的预感所带来的悲哀的投影。

我还有另一段最初的记忆。

我六岁时已经能够读写。然而记忆中我看不懂绘本，所以，那一定是我五岁那年的记忆。

那时，我的绘本数量有限，我执着地偏爱其中一本，而且

---

1 花电车：为庆典或节日而装饰好的电车。

只偏爱一幅左右对开的画。只要看着那幅画，我就能在漫长而无聊的午后忘记时间的流逝，而且只要有人来，我就会感到心虚，若无其事地匆匆翻到另一页。我对护士和女仆的照顾感到无比厌烦，希望能过上一整天盯着那幅画的生活。翻到那一页时，我就会心潮澎湃，再翻到其他页，则是心不在焉的。

那幅画画的是骑在白马上高举宝剑的贞德。白马鼻孔朝上，愤怒地用健壮的前腿扬起沙尘。贞德身着银色铠甲，上面画着美丽的纹章。透过面罩能看到他美丽的面孔，他威风凛凛地举起剑直指蓝天。他在冲向"死亡"吗？至少是冲向某种拥有不祥力量的对象。我坚信，他会在下个瞬间被杀死。如果立刻翻页，说不定能看到他被杀的画面。绘本上的画也许会进行某种调整，在不知不觉中转移到"下个瞬间"。

但是有一次，护士随手翻到那一页，对在旁边偷看的我说："少爷，你知道这幅画的故事吗？"

"不知道。"

"这个人很像男的，不过其实是女的哦。这个故事讲的是女人假扮成男人，为国出征的故事。"

"她是女的吗？"

我感到伤心欲绝，我坚信是"他"的人竟然是"她"。这名美丽的骑士并非男人，而是女人，为何如此？（现在我依然对女扮男装有一种根深蒂固、难以解释的厌恶。）我对"他"的死本来抱有甜蜜的幻想,而"他"变成"她"这个事实,是对我的幻想的残酷复仇,类似于我人生中第一次遇到的"来自现实的复仇"。多年后,我看到了奥斯卡·王尔德赞颂俊美骑士之死的诗句。

倒在芦苇丛中,

惨遭杀戮的骑士如此美丽。

从那以后,我抛弃了那本绘本,甚至再也没有碰过它。

于斯曼[1]在小说《彼方》中写道:"这份性质不久后应会转变为精巧的残忍和微妙的罪恶。"据说吉尔斯·德·莱斯[2]的神秘主义冲动是由于接受查理七世的敕令,担任他的护卫后,亲眼见到了圣女贞德种种令人难以置信的事迹而培养起来的。尽管是由于相反的机缘(即憎恶的机缘),但我也认为,那名来自奥尔良的少女需要对我的转变承担一部分责任。

还有一段记忆。

---

1 于斯曼:法国自然主义小说家。
2 吉尔斯·德·莱斯:百年战争时期法国元帅,连环杀童案凶手,"蓝胡子"现实原型之一。

是汗味。汗味驱动着我，勾起我的憧憬，并支配了我。

竖起耳朵倾听，能听到混浊的沙沙声，轻微但带着恐吓的意味。有时候，其中还会掺杂着喇叭声，单纯而神奇的哀切歌声由远及近。我拉着女仆的手催促，心情急切，让她赶紧把我抱到门口。

练兵归来的军队从我家门前走过。我总是期待着能从喜欢孩子的士兵手中得到几个空弹壳。由于祖母说这东西太危险，严格禁止我要空弹壳，因此这份期待中又加入了隐秘的喜悦。沉重的军靴声，肮脏的军装，扛在肩膀上的长枪组成的"森林"，每一项都足以吸引孩子的心。然而藏在从他们手中得到空弹壳的期待之下的真正动机，仅仅是他们的汗味。

士兵们的汗味，既像海风，又如同被炒成金黄色的海岸空气，冲击着我的鼻孔，令我陶醉。也许这就是我对气味最初的记忆。那股气味当然没有直接与性快感相连，然而，士兵们的命运、他们职业的悲剧性、他们的死、他们眼中映照出的遥远国度、这一切感官欲求，在我心中缓慢且顽强地苏醒了。

我在人生中初次遇到的就是这些奇形怪状的幻影。它们带着非常精巧的完整性，从一开始就站在我面前。多年后，我从中寻找自己的意识与行动源泉，发现完整无缺。

从幼年时期开始，我对人生的观念就从来没有跨出过奥古斯丁[1]预定说[2]的界限。无益的迷茫一次又一次地折磨着我,如今的我依然身处痛苦之中,但是只要想到这份迷茫同样是一种引我堕入罪恶的诱惑,我的宿命论思想就不会动摇。我一生中所要经历的所有不安,在我尚且不识字的时候就已经写在了菜单上。我只要铺好餐巾,坐在餐桌前就好。就连现在书写这本稀奇古怪的作品一事,都清楚地写在菜单上,我应该从一开始就能看到。

幼年时代是时间与空间纠缠的舞台。无论是从大人口中听到的各国新闻,比如火山爆发或者叛军起义,还是眼前发生的事情,比如祖母发病或者家人之间鸡毛蒜皮的争吵,抑或是刚才看入迷的童话世界中发生的幻想事件,三者在我心中总是具有同等价值,是同一系列的事物。我不认为这个世界比积木的结构更复杂,不认为我不久后必须进入的所谓"社会",是比童话故事中的"世间"更光怪陆离的地方。一项限制在无意识中生成,一切幻想从一开始就在抵抗这项限制。不可思议的是,其中渗入了完整的、与其自身强烈愿望相似的绝望。

夜晚,我躺在床上,看着围绕在床周围的黑暗的延长线上,

---

1 奥古斯丁:古罗马帝国时期天主教思想家。
2 预定说:基督教神学思想,认为人类的救赎和死亡都是事先定好的。

浮现出了灿烂的都市。它保持着奇妙的寂静，并且充满光辉与秘密。走在其中的人，脸上肯定是被盖上了秘密的印章。深夜归家的大人们，一言一行中，仿佛隐藏着有共济会气息的暗号。另外，他们的脸上还有着闪闪发光、令人不敢直视的疲劳，就像会在指尖留下银粉的圣诞节面具，如果伸手碰触他们的脸，就会沾染上夜之都在他们身上涂抹的颜料色彩。

不久，我近距离地目睹"夜晚"在我眼前拉开帷幔。那是松旭斋天胜[1]的舞台。（那是她难得在新宿剧场的演出，尽管多年后，我在同一间剧场看到了一位名叫但丁的魔术师的表演，而且那场表演的规模比天胜大数倍，但是无论是但丁，还是万国博览会上的哈根贝克马戏团，都没有给我带来像天胜那样的震撼。）

她丰满的肢体上包裹着仿佛《启示录》[2]中淫乱女子般的服装，在舞台上悠闲地散步。她身上带着变戏法的人特有的文雅大方，如亡命贵族般装腔作势，那阴沉的妩媚，还有一派女中豪杰式的言谈举止。她委身于那套伪造的服装，衣服散发着廉价品特有的光芒，画着女浪花曲[3]师的妆容，白粉一直涂到脚尖，戴着人工宝石堆砌成的手镯，一切都呈现出一种忧郁的和谐。不如说，

1　松旭斋天胜：著名女魔术师，活跃于明治后期及大正、昭和初期。
2　《启示录》：《新约圣经》的最后一卷。
3　浪花曲：日本的一种说唱艺术，一人说唱，并以三味线伴奏。

不和谐洒下的阴霾拥有细致的肌理，这反而引出了某种独特的和谐。

我隐约明白，"想成为天胜"的愿望与"想成为花电车司机"的愿望有着本质的不同。最显著的差异就是，前者可以说完全缺乏那种对"悲剧性事物"的渴望。在想成为天胜的愿望中，我无须体会憧憬与内疚这两者令人焦躁的混淆。尽管如此，我依然痛苦地压抑着剧烈的心跳，直到某天偷偷溜进母亲的房间，打开了她的衣柜。

我从母亲的和服中拽出了最花哨、最华丽的一件。腰带上用油画颜料画着绯红的玫瑰，我像土耳其高官一样将腰带层层缠好，然后用绉绸包袱皮包住了头。我站在镜子前，觉得即兴包好的头巾和《金银岛》中海盗的头巾很像，于是心中涌起狂喜，脸上一热。不过，我的工作还很艰辛。我的一举一动，一直到我的手指尖，都必须充满神秘感。我将小镜子塞进腰带中，在脸上涂了一层薄薄的白粉，然后带上了银色手电筒、古朴的镂金钢笔，以及所有耀眼的稀罕玩意儿。

就这样，我装出一本正经的样子推开了祖母的房间。我按捺不住心中的疯狂、滑稽与喜悦，一边喊着"天胜哦，我是天胜哦"，一边在屋里到处乱跑。

当时房间里有躺在床上的祖母、母亲、一位客人以及女仆。我眼中看不到任何人，我陷入疯狂，一门心思只想着让更多人看到我扮演的天胜。也就是说,我眼中只有自己。可是不知怎么的,我突然看到了母亲的脸。母亲的脸色有些苍白,魂不守舍地坐在那里。与我对视后,她垂下了目光。

我理解了,泪水渗出眼眶。

那时,我理解了什么?或者说被迫理解了什么?"悔恨先于罪恶",这个多年后的主题,在那时已经于暗中初见端倪了吗?又或者是我从中学到了置身于爱中时,孤独是多么惨不忍睹的教训,并且从这件事中学到了拒绝爱的方式。

女仆抓住了我。我被带到另一个房间,就像一只拔了毛的鸡,每眨一次眼睛,不成体统的伪装就会纷纷剥落。

自从开始看电影,我的扮装欲日益增强,一直到十岁左右都格外显著。

一次,我和工读生一起去看一部名叫《魔鬼兄弟》[1]的音乐电影。我始终无法忘记魔鬼兄弟穿的宫廷服饰,袖口上缝着繁复的长蕾丝花边。我说我想穿那样的衣服,戴那样的假发,结果工读生发出了轻蔑的笑声。其实我知道,他自己反倒会在女仆的房间

---

[1] 《魔鬼兄弟》:原是法国剧作家斯克利伯编剧、作曲家欧贝尔谱曲的三幕轻歌剧,1933年由美国人改编成电影。

里模仿八重垣姬[1],逗女仆们开心。

继天胜之后,吸引我的是克娄巴特拉[2]。某年年末,在一个下雪的日子里,我缠着一位熟悉的医生带我去看电影。由于是年末,所以观众很少。医生把脚搭在扶手上睡着了。我独自一人带着猎奇的眼光看那位埃及女王,她坐在众多奴隶抬起的古怪车辇上向罗马前进。我看着她忧郁的目光,那双眼睛周围涂满浓重的眼影,看着她超现实的衣裳,看着波斯地毯中显现出来的琥珀色的半裸胴体。

这一次,我背着祖父和父母(已经带上了犯罪的十足欢愉),为在妹妹和弟弟面前扮成克娄巴特拉而费尽了心思。我从这身女装中期待着什么?后来,我在罗马衰亡期的皇帝,那位罗马古神的破坏者,那位颓废的野兽帝王黑利阿迦巴鲁斯[3]身上,看到了与我相同的期待。

就这样,我已经将两个前提叙述完了。现在需要复习一下。第一个前提是挑粪人、奥尔良少女和士兵的汗味。第二个前提是

1　八重垣姬:净琉璃剧《本朝二十四孝》中的人物。上杉谦信之女,与武田胜赖有婚约。是歌舞伎三大公主之一。
2　克娄巴特拉:这里指克娄巴特拉七世,埃及托勒密王朝最后一位女王。
3　黑利阿迦巴鲁斯:罗马皇帝,以残忍放荡著称。

松旭斋天胜和克娄巴特拉。

还有另一个不得不说的前提。

我涉猎了孩子能读到的所有童话故事,却并不爱那些公主,我只爱王子,特别是被杀害的王子们,走向死亡命运的王子们。我爱一切被杀害的年轻人。

但是我尚未明了,在众多安徒生童话中,为什么只有《玫瑰花精》中,那名在亲吻恋人赠予的玫瑰时,被坏人用大刀刺死并斩首的美丽青年在我心中留下了深深的印记?为什么在王尔德的众多童话中,只有《渔夫与人鱼》中那个紧紧抱着人鱼被冲上海岸的年轻渔夫的尸体让我心醉?

当然,我也非常喜欢其他孩子气的东西。在安徒生童话中,我喜欢《夜莺》,还喜欢很多儿童漫画。然而,这并不能掩盖我的心往往会被死亡、夜晚和鲜血吸引的事实。

"被杀害的王子"的幻影执拗地追逐着我。谁能清楚地告诉我,王子们穿着紧身裤的露骨装扮与他们残酷的死相互结合,这样的幻想为何让我如此愉悦?我有一本匈牙利童话,在很长一段时间里,那本书中极为写实的原色版插画一直俘虏着我的心。

插画上的王子穿着黑色紧身裤,蔷薇色上衣胸前绣着金丝刺绣,披着深蓝色的斗篷,露出红色的衬里,腰上系着绿色和金色组成的腰带。绿金头盔、大红色长刀、绿革箭筒是他的武装。他戴着白色皮手套的左手拿着弓,右手搭在森林中一棵老树的树梢上,表情凛然而沉痛地俯视着即将向他袭来的巨龙的血盆大口。他的脸上带着必死的决心,如果这位王子背负的命运是打败巨龙,成为胜利者,他对我的蛊惑恐怕会减弱不少吧?然而幸运的是,王子背负着死亡的命运。

遗憾的是,这份死亡的命运并非十全十美。王子为了拯救妹妹并迎娶美丽的妖精女王,七次经历死亡的考验,却凭借含在口中的钻石魔力七次苏醒,最终得以享受成功的幸福。右边的画上是王子被巨龙咬死前的情景,那是他第一次死亡。后来,他又经历了"被大蜘蛛抓住,毒汁刺入体内,被蜘蛛大口吃掉",溺水而死,烈火焚身而死,被蜜蜂和蛇蜇死和咬死,落入数不清的巨大刀刃林立的洞穴中死去,被无数"倾盆大雨般"落下的巨石砸死等死亡方式。

其中,书中对他"被巨龙咬死"的描写尤为详细,内容如下:

> 巨龙立刻咬住了王子。王子在被咬成碎片的过程中痛不欲生,却始终咬牙坚持,他的身体在彻底被撕成碎片后,突然恢复到完好无损的状态,轻快地从巨龙口中飞出,毫发无伤。巨龙当场倒地而死。

我将这段内容读了上百遍，然而"毫发无伤"这行字却是让我无法忽视的缺陷。每次读到这一行，我就感觉遭到了作者的背叛，认为作者犯下了重大的过失。

不久后，因为某种偶然的机会，我发明了一种方法。那就是每当读到这里，就用手遮住"突然"到"巨龙"之间的部分，这样一来，这本书就会呈现出我理想中的样子，内容变成这样：

巨龙立刻咬住了王子。王子在被咬成碎片的过程中痛不欲生，却始终咬牙坚持，他的身体在彻底被撕成碎片后，巨龙当场倒地而死。

大人们会不会从这种删减的方式中看出不合逻辑的成分呢？然而，我这名年幼、傲慢、容易陷入个人喜好的检阅官，尽管明白"彻底被撕成碎片后"与"当场倒地"这两句话之间存在明显的矛盾之处，却依然无法舍弃其中的任何一句。

另一方面，我热衷于幻想自己战死或被杀害的状态，对死亡的恐惧却比常人高出一倍。我把女仆欺负到哭之后的第二天早晨，当她带着若无其事的明朗笑容出现，服侍我吃早餐的时候，我从那副笑容中看出了各种各样的意味。我只能将那副笑容当成具有十足胜算的恶魔般的微笑。也许她打算向我复仇，企图毒害我吧？我的心中涌起恐惧。毒一定是下在酱汤里的，只要我心中浮现出此种想法，那个早晨就一定不会碰酱汤。有几次，我会在吃完饭后即将起身时盯着女仆的脸，我的表情仿佛在说"你看到了吧"。在我的想象中，站在饭桌另一边的女仆并未由于毒害我的计划失败而气馁，只是遗憾地盯着丝毫未动的酱汤。那汤已经彻底凉掉，甚至落了灰。

祖母怜爱我病弱的身体，又怕我学坏，所以禁止我和附近的男孩子们一起玩耍。除了女仆和护士之外，我的玩伴只有祖母从附近为我选出的三个女孩子。由于只要有一丁点噪音，比如大声关门开门、玩具喇叭、摔跤之类等明显声响，都会引起祖母右膝神经痛，所以我们玩耍时必须比普通的女孩子更加安静。我反而更喜欢独自一人看书、搭积木，沉浸在肆意的幻想中，或者画画。后来，我的妹妹和弟弟出生了，他们在父亲的照顾下（不像我这样被交给祖母），像普通的小孩子一样自由成长，然而我并没有十分羡慕他们的自由和粗暴。

不过，我去堂妹家玩的时候，情况发生了变化。就连我都被要求成为一名独当一面的"男孩子"。在我七岁那年的早春，我在即将上小学之前拜访了某一个堂妹，就叫她杉子吧。那时，发生了一件值得纪念的事。大伯母们不停地称赞我"长大了啊，长大了"，带我去的祖母在那样一番吹捧下，特别允许我吃了青鱼。如前所述，由于担心我频繁发作的自体中毒症，祖母一直都禁止我吃"青肉鱼"。在那之前，我只知道比目鱼、鲽鱼、鲷鱼之类的白肉鱼；说到土豆，我只见过压碎并用筛网过滤后的样子；不能吃带馅的点心，只能吃几块饼干、威化或者干点心；至于水果，我只吃过切成薄片的苹果和少量橘子。第一次吃青肉鱼，是章雄鱼，我吃得很满足。这样的美味，意味着我被赋予了一项成为大人的资格，然而每次产生这种感觉时，我心中都会涌起一种不安的情绪——"要成为大人的不安"，那份沉重感让我的舌尖不得不体会到一丝苦味。

杉子是一个身体健康、生命力旺盛的孩子。我住在她家里时，会和她并排躺在同一个房间就寝，杉子只要头一沾枕头，就能像机器一样轻松入眠。而我却迟迟无法入睡，只能带着些许嫉妒和赞赏看着她。与在自己家里时相比，我在她的家里能感受到数倍的自由。由于要将我夺走的假想敌——也就是我的父母——不在这里，祖母也能放心地让我自由行动，而不需要像在家里那样始终将我拴在自己的视线范围之内。

但是，获得许可的我却无法充分享受这份自由。我就像痊愈后第一次迈开双脚的病人，感受到隐形的义务强加在身上的拘束感，反而怀念起怠惰的被窝来。而且在这里，大家心照不宣地要求我做一名独当一面的男孩子，于是我开始了不走心的表演。就是从那时开始，我隐约理解到一种机制：别人认为我在表演的表现，其实是我想回归本质的表现，而别人认为自然的表现，其实才是我的表演。

并非出于本意的演技，让我说出了"来玩战争游戏吧"这样的话。因为我的同伴是杉子和另一个堂妹，所以战争游戏并不合适。更何况对方本就对亚马孙女战士[1]兴味索然。我之所以提议玩战争游戏，也是出于逆向的礼节，也就是必须让她们觉得无趣，让她们多少有些困扰。

黄昏时分，我们在屋子内外进行着无聊且笨拙的战争游戏。杉子躲在树荫里，用嘴模仿机关枪的嗒嗒声。我觉得游戏必须在此告一段落了，于是逃进家中，嘴里不停地喊着"嗒嗒嗒"，看到追上来的女兵后，便捂住胸口瘫倒在客厅正中央。

"你怎么了，小公[2]？"

女兵们表情严肃地聚集在我身边，我既没有睁开眼睛也没有移动手臂，只是回答道："我战死了啊。"

我想象着自己扭曲着身体倒下的样子，心中涌起一股喜悦之情。我从自己被枪打死的状态中体会到了一种难以言喻的快乐。我觉得就算真的被子弹击中，自己也不会感到疼痛。

1　亚马孙女战士：希腊神话中的女性好战民族，引申义为有男子气概的女子。
2　小公：三岛由纪夫原名为平冈公威。

幼年时期。

我曾遇到过一个具有象征性的情景。对如今的我来说，那个情景就是整个幼年时期。看到那个情景时，我感到幼年时代正挥着诀别的手离我而去。在我体内，我的所有内在时间纷纷升起，被阻拦在这样一幅画面前，准确地模仿画中人的动作和声音。我预感到在临摹完成的同时，原画的情景就会在时光中消融，留给我的不过是一幅临摹作品——或者说是我幼年时代精确的标本。每个人的幼年时代都应该有这样一件事情，只是由于它们往往是甚至无法称之为事件的细碎场景，所以大多情况下不会被察觉。

——我遇到的情景是这样的。

有一次夏日祭，一群人从大门拥进我家。

为了腿脚不便的自己和我这个孙子，祖母笼络了工头，让市内的游行队伍从我们家门前通过。我们家原本并不在游行队伍的路线上，不过在工头的安排下，游行队伍每年都会绕些远路，从我家门前通过。这已经成了惯例。

我和家里人一起站在门前。刻着蔓藤花纹的铁门向左右两边敞开，清水洒在门前的石阶上。时断时续的太鼓声由远及近。

渐渐地，断断续续地传来拉彩车的歌曲，是悲伤的调子和歌词，其中穿插着没有秩序的节日噪音，宣告着真正的主题其实是十足的表面喧嚣。那声音仿佛在倾诉，只有人类和永恒极为低俗的交欢，或者虔诚的乱伦，才能成就出这交会的悲哀。不知不觉间，纠缠难解的声音渐渐清晰可辨，打头阵的锡杖的金属声、太鼓混浊的轰鸣，以及神轿轿夫杂乱的吆喝声……我的心怦怦直跳（从那时开始，强烈的期待与其说是喜悦，不如说是痛苦），呼吸困难，几乎再也站不住了。手持锡杖的神官戴着狐狸面具，那双神秘的金色兽眼死死盯着我走过，似乎要摄取我的魂魄。不知何时，我感到自己紧紧拉住了身旁家人的衣摆，做好准备，只要有机会就要从眼前的队伍给予我的近乎恐惧的喜悦中逃脱。从那时开始，我对人生的态度就是，面对翘首以盼的事物，面对此前用幻想过度修饰的事物，到头来只有逃走这一条路。

不久后，轿夫们扛着悬挂着稻草绳的香资箱走了过去，活蹦乱跳的孩子坐着神轿轻快地过去了，然后，庄严的黑金色大神轿走近了。从远处开始，轿顶上的金凤凰就像在水波间四处漂游的鸟一样，伴随着欢呼声上下翻飞，令人头晕目眩，让我们产生一种辉煌的不安。唯有大神轿旁边缠绕着毒辣的无风状态，就像热带空气一样让人透不过气来。那是带有恶意的怠惰，神轿在年轻人赤裸的肩膀上摇曳，散发着热意。红白双色的粗绳子，涂黑的黄金栏杆，紧闭的金漆大门中，有一块四尺见方的纯粹黑暗。这块上下左右不断摇晃跳跃的空旷黑夜呈正方形，公然君临于万里无云的初夏正午。

神轿来到我们眼前。年轻人们穿着同样款式的浴衣，袒露着大部分皮肤，神轿本身仿佛喝醉了一样，摇晃着缓缓向前。轿夫们脚步蹒跚，眼睛仿佛没有在看地面上的事物。拿着巨大团扇的年轻人发出尖利的叫喊声，一边在周围奔跑一边煽动群众。有时，神轿会摇晃着倾斜，然后又在一阵疯狂的吆喝声中重新摆正。

这时，不知我家的大人们是否凭直觉感受到了什么，突然间，拉着我的大人将我推向后方，远离前方在某种意志的驱使下发力，整队前进的人群。有人大喊了一声"危险！"然后，我就不知道后面发生的事情了。我被人拉着穿过前庭逃走，然后从边门冲进家中。

我们一直跑上二楼，来到阳台上，屏住呼吸，看着正在抬着神轿拥进前庭的人群。

直到很久以后，我依然在思考是什么力量驱使他们如此冲动，却始终找不到答案。那数十名年轻人究竟是因为什么，才会有计划地冲进我们家呢？

他们痛快地践踏花草，那是真正的节日。我已经看腻的前庭变成了另一个世界。神轿跑过前庭的每一个角落，灌木被压倒，发出嘎吱声。我甚至不明白究竟发生了什么。声音相互中和，简直就像冻结的沉默和没有意义的噪音在那里往来交织。颜色同样如此，金色、红色、紫色、绿色、黄色、深蓝色、白色跃动着涌起,仿佛有一种颜色统治着全部,有时是金色,有时是红色。

然而,只有唯一一种鲜明的东西让我保持清醒,让我悲伤,让我的心中充满没有缘由的痛苦。那就是轿夫们露骨的陶醉表情,淫乱至极。

第二章

我已经苦恼一年多了,就像收到奇怪玩具的孩子,那时我十三岁。

那玩具一有机会就增大体积,暗示我只要找到方法,自己就能变得相当有趣。但是由于任何地方都没有写使用方法,以至每当玩具想要和我玩时,我就会感到困惑不已。这股屈辱和焦躁越来越强烈,有时甚至会让我产生想要伤害玩具的情绪。不过最终,只能是我向这告诉我甜美秘密的玩具屈服,眼睁睁地看着它表情不驯、肆意妄为。

于是,我想要更加虚心地倾听玩具的向往。带着这样的想法,我看到玩具已经有了自己的偏好,也就是秩序。将偏好的系统与我幼年时代的记忆相糅合,就会与在夏日海边见到的裸体青年,在神宫外苑的水池中见到的游泳队员,与堂姐结婚的浅黑色皮肤的青年,众多冒险小说中勇敢的主人公,纷纷联系在一起。直到现在,我依然会将这个系统与其他诗意的系统混淆。

果然,玩具也向死亡、鲜血和结实的肉体扬起了头。我悄悄从工读生手中借来故事杂志,其卷首插图上画着鲜血淋漓的决斗场面,中间有切腹自杀的年轻武士,有中弹后咬紧牙关、鲜血从抓紧军装胸口的手指间流出的士兵,还有一些照片,上面是小结[1]

---

[1] 小结:相扑的等级之一。

等级、肌肉结实并不肥胖的力士，玩具每每看到这些，就会立刻扬起好奇的头颅。如果说"好奇"这个形容词有欠妥当，那么换成"可爱"或者"欲求"也是可以的。

随着我明白自己的快感来源于这些东西，我渐渐有意识、有计划性地行动起来，甚至会进行选择和整理。如果我觉得故事杂志卷首插图的构图不够好，就会先用彩色铅笔临摹，然后以此为基础进行充分的修改，直到自己满意为止。那些画里，马戏团青年按着中弹的胸口，跪倒在地；走钢丝的人坠落后头盖骨破碎，半边脸倒在血泊中。在学校的时候，我也会陷入恐惧之中，害怕放在家里书柜抽屉里的那些残忍的画被人发现，害怕到没办法认真听讲。由于我的玩具对这些画恋恋不舍，我无论如何都无法做出画好后就撕毁扔掉这样的事。

我那个不驯服的玩具不仅不知道如何实现第一次的目标，也不知道第二次的目标——所谓出于"恶习"的目标——该如何达成，只是虚度着岁月。

我身边的环境也发生了各种变化。我们一家人离开了我出生的房子，分别搬到了某座城市中的两栋房子中，距离不过五十多米。一栋祖父母和我住，父母和弟弟妹妹住另一栋。父亲被政府派到国外出差，此时刚刚周游完欧洲各国后归家。没过多久，父母那边再次搬家。虽然晚了些，但父亲终于下定决心，趁此机会将我接回了自己家。祖母和我的离别场面,父亲命名为"新派悲剧"。我搬到了父亲的新住所,这里距离祖父母的家隔了好几个省线、市内车站。祖母日夜抱着我的照片哭泣,只要我打破每周回祖母家住一晚的约定,她就会立刻发病。十三岁的我,有一位深情的六十岁恋人。

那段时间,父亲留下家里人,调去了大阪工作。

一天,我因为感冒没去上学,趁机拿了几本父亲从国外带回来的画集,在房间里聚精会神地欣赏。其中,意大利各个城市美术馆的介绍中,希腊雕刻的照片深深吸引了我。众多名画中也有裸体,而黑白版更合我的胃口,理由也很简单,因为那样看起来更真实。

我今天是第一次看现在手上的画册。吝啬的父亲不想让孩子的手弄脏画集,将它们藏在了书架的深处(一半是因为担心我被名画中的裸女迷惑,尽管如此,这是多么深的误会啊)。而我并没有对这些画集抱有像故事杂志卷首插画那样的期待。我将剩余不多的书页向左翻开。书页的一角出现了一幅画,仿佛已经在那里等待许久,只为了我而存在。

那是藏于热那亚罗索宫中的圭多·雷尼[1]的《圣塞巴斯

---

[1] 圭多·雷尼(1575—1642):意大利画家,作品题材多为神话和宗教。

蒂安》。

背景是提香[1]风格的阴郁森林、黄昏的天空以及幽暗的远景，微微倾斜的黑色树干是他的刑架。一位格外俊美的裸体青年被绑在树干上。他的双手交叉，高高举起，手腕被绳子捆绑在树上。看不到其他绳结，盖住青年裸体的只有腰间松松缠绕的白色粗布。

就算是我也能看出，这是一幅殉教图。然而，文艺复兴的分支，唯美的折中派画家所画的这幅圣塞巴斯蒂安殉教图中，却散发出了浓郁的异教气息。因为在这具足以与安提诺斯[2]相媲美的身体上，看不到其他圣人身上常见的因传教而留下的辛苦和老朽的痕迹，只有青春、只有光明、只有美丽、只有安乐。

那具无比白皙的裸体在黄昏的背景下闪闪发光。他作为亲卫军，有一双习惯于拉弓挥剑的健壮手臂。那双手臂被以无可挑剔的合理角度抬起，绑在一起的手腕在头发的正上方交叉。他的面庞微微仰起，眺望着天堂荣光的眼睛大睁，散发出深邃平和的光芒。在挺起的胸膛、紧致的腹部和微微扭曲的腰侧，萦绕的并非是痛苦，而是某种倦怠的安乐，如同某种音乐一般。如果左边的

1　提香（约1489—1576）：意大利文艺复兴盛期威尼斯画派代表画家。
2　安提诺斯：美貌青年，罗马皇帝哈德良的男宠，二十一岁时溺死。

腋窝和右边侧腹没有箭深深插入体内,那么这完全可以看作是黄昏时罗马运动员靠在庭院中的树上休息的场景。

箭插入他紧致、芳香、青春的肉体,让他的肉体在无上的痛苦与欢喜的烈焰中,从内部开始燃烧。但是画中并没有画出流血的场面,也没有画出如其他圣塞巴斯蒂安殉教图那样无数的箭矢,只有两支箭,宛如树枝落在石阶上的阴影,宁静而端庄地落在他如同大理石般的肌肤上。

首先,上述判断和观察都是我在事后想到的。

看到那幅图的一刹那,我全身心都被某种异教式的欢愉所征服。我的血液在奔腾,我的器官充满了愤怒的神色。我体内巨大到即将胀破的一部分,以前所未有的激动等待着我的使用,责问着我的无知,气愤地喘息着。不知不觉间,我的手开始做起了没有人教过的动作。我正想着,它已经伴随着眼花缭乱的醉意迸射而出。

片刻之后,我带着心酸的情绪环视面前桌子的周围。窗外枫树明亮的阴影在我的墨水瓶、教科书、字典、画集照片和笔记本上展开。白浊的飞沫溅在教科书烫金的标题上、墨水瓶的侧边以及字典的一角。那些飞沫有些正在黏稠而慵懒地滴下,有些像死鱼眼一样散发出黯淡的光。好在画集因为我的手猛然制止而幸免于难。

这就是我的第一次ejaculatio[1]，也是第一次笨拙而突发的"恶习"。

赫希菲尔德[2]所列的倒错者[3]最喜欢的绘画雕刻中，第一名便是"圣塞巴斯蒂安的画"。这对我来说是颇有意思的巧合。这便于使人推测，倒错者，特别是先天性倒错者倒错与残暴的冲动往往难解难分、错综复杂。

圣塞巴斯蒂安生于三世纪中叶，据说他后来当上了罗马军队的亲卫队队长，用殉教结束了三十多岁的短暂生涯。他去世那年，即公元288年，是戴克里先皇帝[4]治世时期。戴克里先原本是劳苦平民，后来扶摇直上当了皇帝，以独特的温和主义受到众人敬仰。但是副帝马克西米安厌恶基督教，处死了马克西米利艾纳斯——一个笃信基督教的和平主义而回避征兵的非洲青年。百人队队长马塞拉斯被处死刑也是出于同样的宗教原因。在这样的历史背景之下，圣塞巴斯蒂安的殉教也就能够理解了。

1　ejaculatio：拉丁语，射精的意思。
2　赫希菲尔德（1868—1935）：德国犹太裔，内科医生、性学家。
3　倒错者：由于本能、感情异常或者德行的异常，做出反社会行为的人。
4　戴克里先皇帝（约245—313）：罗马帝国皇帝，在位时间284—305年，设计出"四帝共治"的制度。

亲卫队队长圣塞巴斯蒂安悄悄皈依基督教，安慰狱中的基督教徒，让市长及其他人改宗。行动暴露后，戴克里先宣布判处他死刑。他被万箭穿身，尸体无人问津。一名虔诚的寡妇前来埋葬他时，却发现他的尸体尚有余温。在寡妇的照顾下，他复活了。可是他却突然反对皇帝，说出亵渎皇帝等人所信仰的神明的话，结果被乱棍打死。

这则传说中的复活主题，只是为了达成"奇迹"这个先决条件。无论是多么健壮的肉体，都不可能在遭受无数箭伤后复活。

为了让大家更深入地理解我异常激烈的感官欢愉究竟是何种性质的东西，我将多年后创作的未完成的散文诗附在了下面。

圣塞巴斯蒂安（散文诗）

一次，我从教室的窗户中，看到一棵并不高大的树木随风摇曳。看着看着，我的心跳越来越快。那棵树美得惊人。在草坪之上，它构建出一个端正圆润的三角形，几根树枝向左右伸展，如同烛台般对称，支撑起沉重的绿色。那片绿色之下，是如同阴沉的黑檀木台座般巍然不动的树干。完成后的造型极尽精巧，又不失"自然"优雅的随性气质，那棵树仿佛是自己的创造者，保持着明朗的沉默伫立在那儿。另外，那确实是一部作品，而且恐怕是音乐作品，是德国音乐家创作的室内乐作品。那音乐充满宗教性的宁静和安乐，如同织锦壁毯的图案一样庄严亲切，甚至可以被称为圣乐。

因此，树的形态与音乐的相似之处对我来说也具有某种意味，当二者合一成为更深层次的东西向我袭来之时，这种难以名状的灵妙感动至少并非抒情性的，而是宗教和音乐的关联中可以见到的那种昏暗而醉人的类型。即使如此，也并非不可思议。突然，我扪心自问："不是这棵树吗？年轻的圣者双手被反绑在身后，圣洁的鲜血如同雨后的水滴一样，在树干上大颗大颗地流淌。年轻的肉体在弥留之际的痛苦中熊熊燃烧（那恐怕是地上一切快乐与苦恼的最后证迹），他粗暴地在那棵罗马的树上扭动摩擦，不正是这棵树吗？"

根据殉教史的记载，戴克里先登基后数年间，一直梦想能够拥有如同鸟在没有任何遮挡处尽情飞翔般的权力，就在此时，年轻的近卫军长官因侍奉禁忌之神被问罪，并且遭到逮捕。他兼具能让人联想到曾受哈德良皇帝宠爱的著名东方奴隶那样柔韧的身躯，以及叛逆者如大海般无情的眼神。他美丽而倨傲。每天早晨，他的头盔里都会插着一朵镇上的姑娘们送来的白百合。在严格的练兵休息时间里，百合沿着他阳刚的头发优雅地垂下，宛如天鹅的颈部。

无人知道他生于何处，来自何方。然而人们预感到：这名有着奴隶身躯和王子面孔的年轻人，是作为即将逝去之人来到这里的。他是牧羊人恩底弥翁[1]的化身。他才是被选择的人，是来到这片比任何地方的牧场都要葱郁的牧场放牧的牧羊人。

另外，有几个姑娘确信他来自大海。因为他的胸中会传出大海的呼啸声；因为在他眼中，浮现出神秘且永不消失的地平线，那是生于海边又不得不离开的人被大海赋予的纪念品；因为他的呼吸如同盛夏的海风一样炽热，散发着被海浪冲到沙滩上的海草的味道。

年轻的近卫队队长圣塞巴斯蒂安所呈现出的美，不正是惨遭杀害的美吗？这些健康的罗马女人，五感由流淌着鲜血的肉香和能让骨头酥软的美酒的味道所滋养，难道她们不是比他自己更早领悟到他不祥的命运，因此而爱着他的吗？她们看出他白皙的肉体内，鲜血比常人更猛烈而快速地流淌着，不久后，当这具肉体撕裂开时，鲜血就会瞄准缝隙喷涌而出。女人们怎么会听不到

---

[1] 恩底弥翁：希腊神话中的美少年，月亮女神钟爱之人，被赋予了永恒的青春，并处于长眠。

那股鲜血如此迫切的愿望呢？

这不是薄命，绝非薄命，他是更加傲慢不祥的人，甚至可以称之为灿烂。

也许就连在甜美的亲吻中，鲜活的死苦[1]也曾数次在他眉间掠过。

他自己也隐约预感到了。预感到等在他旅途终点的只会是殉教，预感到将它与凡俗分隔开的，正是这悲惨命运的标志。

于是，那天早晨，繁忙的军务迫使圣塞巴斯蒂安凌晨起床。拂晓时分，他梦见不祥的喜鹊聚集在他胸前，扇动着翅膀盖住了他的嘴，这个梦依然在枕边没有散去。但是，这张他日日横卧在其上的简陋床铺，每晚都会引他进入大海的梦，散发出被海浪冲到沙滩上的海草的味道。他站在窗边，一边穿着嘎吱作响、扰人清静的盔甲，一边看着十二宫星座坠落在环绕着远方神殿的森林的半空中。看着那座壮丽的异教神殿，他的眉宇间浮现出与他最为相称、近乎于痛苦的轻蔑表情。他口中吟咏出唯一神的名字，吟咏出两三句理应敬畏的圣词。于

---

1 死苦：佛教八苦之一，生、老、病、死、爱别离、怨憎会、求不得、五阴炽盛。

是，这微弱的声音仿佛放大了数万倍，回声从神殿的方向，从分开星空的圆形柱子之间庄严地传来。那声音响彻整片星空，仿佛某种异样的沉积物在分崩离析。他在微笑，然后垂下目光，看到了和往常一样穿过拂晓的黑暗，为了晨祷向他的住所走来的姑娘们，每个人手中都捧着一朵尚在沉睡中的百合。

那是初中二年级的深冬。学生们已经习惯了穿长裤，习惯了直呼对方的姓名（上小学时，老师命令我们互相称呼时要加上敬称。就算在盛夏，也不能穿露出膝盖的袜子。穿上长裤后最初的喜悦，就来源于再也不需要用紧绷的袜带绑住双腿了），习惯了捉弄老师的美德，习惯了在茶室互相请客，习惯了绕着学校森林玩丛林游戏，习惯了宿舍生活。其中，只有宿舍生活对我来说依然是未知的。初中一、二年级的住宿几乎是强制的，谨慎的双亲以我病弱为借口，为我办理了走读。另外，最重要的理由是他们坚决不允许我学坏。

走读生的人数极少。从初二最后一个学期开始，一名新人加入了这个人数稀少的团体中。他就是近江，因为暴力行为被宿舍驱逐出来的。在此之前，我并没有太关注过他，直到这次驱逐将所谓"不良"的确凿烙印打在了他身上，我突然变得无法从他身上移开目光。

"呵呵。"一个好脾气的胖朋友来到我身边，嘴边笑出了酒窝。这种时候，一定是他掌握了秘密的消息，"我有个好消息哦。"

我从暖气片旁边离开，和朋友来到走廊上，靠在窗户边，从这里能看到下面狂风大作的弓箭场。这里大多时候是我们进行密谈的地方。

"近江他啊……"朋友已经满脸通红，好像难以启齿。

在小学五年级的时候，当大家都在说那件事时，这名少年立刻否定，那番话说得很好："那种事情绝对是假的，因为我知道得很清楚。"他还在听说一个朋友的父亲得了中风后，向我提出忠告，说中风是传染病，让我不要太接近那个朋友。

"近江怎么着了啊？"我在家依然用着女性语言，不过到了学校就换成了还算粗鲁的语气。

"这是真的，近江那家伙是'有经验'的人。"

这似乎是应该的。因为他已经留过两三次级，骨骼清秀，脸的轮廓也很出众，散发着某种与众不同的特权式的青春色彩。他无来由的轻蔑天性是高雅的，在他眼中，没有任何一样事物是不被他轻蔑的。仅仅因为优等生是优等生，教师是教师，巡查是巡查，大学生是大学生，公司职员是公司职员，就足以被他用轻蔑的眼光注视、被他嘲笑。

"哦。"

不知道为什么，我突然联想到近江在保养军事教练的手枪时展示出的灵巧的本事。他只在军事教练和体操教师那里受到了格外的喜爱和优待，我从他身上联想到了俊俏的小队长的身姿。

"所以……所以啊。"朋友发出了只有初中生才明白的淫荡窃笑声，"听说那家伙的那个特别大啊。下次玩'低俗游戏'的时候你摸摸看，这样就能知道真假了。"

在这所学校中，"低俗游戏"是初中一、二年级的学生间流行的一种传统游戏。与其说是游戏，不如说更像一种疾病。在大白天，在众目睽睽之下进行。一个人呆呆地站着，于是另一个人从旁边迅速靠过去，瞄准地方伸出手。只要顺利抓住，胜利者就会逃到远处，在那里欢呼笑闹。

"真大啊，A的那东西，真大啊。"

无论是什么样的冲动促成了这种游戏，我认为它的存在只是为了看到受害者的滑稽模样。他们会丢掉夹在腋下的课本或者其他什么东西，伸出双手护住被袭击的部位。然而严格来说，他们从中找出了自己通过被嘲笑解放的羞耻，找出了共通的羞耻，其表现就是受害者脸颊上的红晕，他们以越发高亢的笑声为基点，在嘲笑中感受到满足。

受害者会配合似的大喊："啊，B真是低俗。"

然后周围的人就会附和："啊，B真是低俗。"

近江很擅长这个游戏。他进攻迅捷，大多以成功告终。我常常会觉得，所有人都在沉默地等待他的攻击。作为代价，他确实常常遭到受害者的报复，但没有人能够成功。他走路时总会将一只手插在口袋里，在伏兵逼近的同时，口袋里的一只手和外面的另一只手就会立刻筑起双层铠甲。

那个朋友的话在我心中生出某种恶毒的念想，就像杂草一样。在此之前，我像其他朋友一样，是以极为纯洁的心情玩低俗游戏的。然而那个朋友的话让我将下意识地严格区分开了那项"恶习"与这个游戏，我的个人生活与集体生活，放在难以避免的联系之中。我内心充填的东西迅速理解了他那句"你摸摸看"中的含义，那是其他天真的朋友无法理解的特殊含义。

从那以后，我再也没有加入过"低俗游戏"。我害怕自己袭击近江的那个瞬间，与此相比，我更害怕可能出现的近江突然袭击我的瞬间。只要一发现游戏有即将爆发的迹象（事实上，这个游戏突然发生的情况与暴动、叛乱相似，总是在不经意间发生），我就会避开人群，从远处只盯着近江一个人，眼睛一眨不眨。

虽然这样说，其实在我们意识到之前，近江的影响已经侵入了我们。

比如袜子。当时，军事化教育已经渗透学校，著名的江木将军"质朴刚毅"的遗训被重新提出，学生不允许穿戴花哨的围巾和袜子。学校规定不能戴围巾，衬衫要穿白色的，袜子要穿黑色的，至少是纯色的。可是只有近江未间断过戴白绢围巾，穿图案鲜艳的袜子。

这项禁令的第一个反叛者有着娴熟的神奇技巧，能给他的恶行冠上叛逆的美名。他用自己的行动，参透了少年们对叛逆这项美学是多么没有抵抗力。在和他关系好的军事教练面前——这名乡下来的下士官简直就像近江的小弟——他会故意慢条斯理地围好白绢围巾，大敞开缝着金扣子的外套领口，穿出拿破仑时期的风格。

然而愚民的叛逆无论在何时都不过是小里小气的模仿。只要可能，就会避开结果的危险，只品尝叛逆的美味。因此，我们只从近江的叛逆中剽窃了花哨的袜子。我也不例外。

早上到学校后，上课前教室喧闹，我们都在聊天，并没有坐椅子，而是靠在桌子上。这时，换上新款式花哨袜子的人会靠在桌旁，潇洒地拉起裤腿，然后立刻就会有眼尖的人报以赞叹声。

"啊，刺眼的袜子！"

我们当时不知道比"刺眼"更好的赞美之词。然而这句话一出口，无论是说者还是听者，都会想起只在快要整队时才现身的近江那傲岸的眼神。

一个雪后初晴的早晨，我很早就去了学校。因为朋友们打来电话，邀我在第二天早晨打雪仗。我的性格是只要对第二天有所期待，当天晚上就会辗转难眠，所以第二天很早就睁开了眼睛，也没有在意时间，直接出发去了学校。

雪将将能埋住鞋子。在太阳还没有完全升起前，由于积雪的缘故，景色凄惨，并不美丽。白雪看起来就像有些肮脏的绷带，掩盖着城市风景的伤口。因为城市的美丽就是伤口的美丽。

省线电车快到学校前的车站时，我透过尚且空荡的车厢窗户，看着太阳从工厂的街对面升起。风景染上了喜色。阳光洒在白雪上，一排排不祥地伫立着的烟囱，阴暗起伏的石板瓦屋顶，都在白雪面具般尖锐笑声的阴影中瑟瑟发抖。这出雪景的假面剧往往会演变成革命、暴动之类的悲剧性事件。在雪光的映衬下，行人苍白的脸上也浮现出能让人联想到合谋者的神色。

我在学校前的车站下车时，听到车站旁运输公司的办公室屋顶上，传来雪水融化流淌的声音。那声音只能让人想到光芒坠落。光芒一次次发出呼喊，坠落在被鞋子运来的涂满污泥的水泥地上，在虚假泥泞中死去。一束光还错误地投身在我的脖颈间。

校门中尚未有人迹，寄存室还锁着门。

初二学生的教室位于一楼，我打开窗户，眺望森林的雪景。只有一条路穿过森林的斜坡，从学校后门向上延伸到这栋校舍。雪地上，一串大脚印顺着这条小路一直延伸到窗户下方。足迹在窗户附近转弯，消失在左边斜前方科学教室所在的建筑后。

有人已经来了。他一定是从后门上坡走过来的,从教室的窗户向里张望,因为没有人在,于是独自走向科学教室的背面。几乎很少有学生会从后门进来,但近江是其中的一员,有传言说他会从女人家里来上学。不过,他应该只有在即将整队时才会现身。如果不是他,我实在想不出会是谁,看到那一串巨大的鞋印,我只能想到他。

我从窗户里探出身子,目不转睛地看着沾在鞋印上的新鲜黑土,觉得这仿佛是某种坚定且充满力量的足迹。一股难以名状的力量将我拉向那串鞋印,我想倒着跌入那里,将脸埋进那串鞋印中。而我迟钝的运动神经一如既往地起到了自保的作用,所以我将书包放在桌子上,慢吞吞地爬上了窗框。胸前的校服扣子压在石头窗框上,摩擦着我脆弱的肋骨,带来一种甜美的痛苦,其中还混杂着悲哀。当我越过窗户纵身一跃,落在雪地上时,轻微的疼痛让我的内心兴奋又紧张,我的体内充满了令人战栗的危险情绪。我轻轻地将自己的套鞋放在脚印上。

看起来很大的鞋印,大小却几乎和我的脚相同。我忘记了,脚印的主人或许也穿着当时在学生之间流行的套鞋。既然如此,这串脚印也许并非属于近江。尽管顺着黑色鞋印追寻,或许会让我当下的期待落空,但是这种不安的期待更加吸引着我。在这种情况下,近江不过是我期待的一部分,也许是比我先来并在雪地上踩出脚印的人,对某种被侵犯的未知复仇式的憧憬俘获了我。

我呼吸急促，沿着那串鞋印往前走。

我如同在踏脚石之间跳跃一般沿着鞋印前进。鞋印有时出现在黝黑光滑的土地上，有时出现在枯草上，有时出现在凝固的肮脏雪地上，有时出现在石阶上。于是在不知不觉中，我发现自己的步伐变得与近江阔步行走的样子别无二致。

穿过科学教室后方的背阴处，我来到宽广的竞技场前的高台上。无论是三百米长的椭圆跑道，还是跑道中间高低起伏的田径场，都被一视同仁地包裹在耀眼的雪中。田径场的一角挺立着两棵巨大的榉树，它们在朝阳下长长延伸的树影，给雪景增添了某种伟大的意味，甚至可以称之为明朗的谬误，会令人产生不得不侵犯的欲望。在冬日的青空、下方的白雪以及侧面的朝阳中，巨树带着塑料般细腻的质感耸立着，金砂般的细雪时不时会从干枯的树梢和枝干的缝隙间落下。竞技场对面的一排少年公寓楼和旁边的杂木林，依然在一动不动地沉睡，因此就连雪落下时细微的声音都激起了悠远的回响。

面对这片耀眼的景色，我一瞬间什么都看不到了。雪景就像是一片新鲜的废墟。古代废墟特有的无边无际的光芒和辉耀，造访于这片伪造的缺失之上。就这样，在废墟的一角，大约五米宽的跑道的积雪上竟被描绘上了巨大的文字。离我最近的是巨大的圆圈，那是O。对面是M，远处画着长长的横线I。

是近江。我追寻着脚印走向O，继续从O走向M，最后停在了

I旁。近江围着白色围巾,微微垂下头,双手插在外套的口袋中,脚上的套鞋正在雪地上拖曳。他的影子与田径场上榉树的影子平行,旁若无人地在雪地上延伸着。

我脸颊发热,戴着手套团了一个雪球。

我扔出雪球,但没有扔到他。不过在写完I字后他的视线转向了我,也许是无心之举。

"喂!"

我一边担心近江会露出很不高兴的反应,一边在莫名热情的促使下呼喊着冲下高台的陡坡。我没想到,竟然能听到他充满力量的亲切回应。

"喂,不要踩到字哦。"

我觉得今天早上的他确实与往常不同。通常情况下,他回到家后绝对不会做作业,课本也一直放在学校的储物柜里。他来上学时,会把双手插在外套口袋里,到学校后麻利地脱下外套,在最后一刻走进队伍的末尾。可是只有今天早上,他不仅独自一人一大早就来学校打发时间,竟然还带着独特的亲切,用粗鲁的笑容迎接我!迎接平时被他当成小孩子、完全不放在眼里的我!我是多么期待看到那副笑脸,那生机勃勃的洁白牙齿啊!

可是当我渐渐走近,能看清他的笑脸时,我的心已经忘记了刚才呼喊时的热情,反而陷入一种坐立不安的胆怯中。理解阻碍了我。他的笑脸或许是为了掩饰"被理解"的弱点,这个认知伤害了我，更加伤害了我心中描绘的他的形象。

在我见到画在雪地上的他的名字"OMI"的一刹那，我立刻理解了他孤独的每个角落，这恐怕几乎是下意识的。我理解了他一大早来到学校的动机，恐怕连他自己都没有深刻知晓的本质动机。倘若我的偶像现在在我面前弯下心灵的膝盖，辩解说"我来得这么早，是为了打雪仗"之类，比起他丧失的骄傲，我的心中应该会失去更重要的东西。我焦躁不安，还是必须由我先开口。

"今天没办法打雪仗了啊。"我终于开了口，"我以为雪会下得更大。"

"嗯。"

他露出扫兴的神色，结实的脸颊线条重新变得僵硬，对我的那种可悲的蔑视复苏了。他努力露出把我当成小孩子的目光，眼中重新闪烁出厌恶的光芒。对他在雪中写下的文字，我没有提出任何质疑，他内心中的一部分对此表示感谢，而他在抗拒这份感谢。他的这种痛苦吸引了我。

"哼，你的手套真幼稚。"

"大人也会戴毛线手套哦。"

"真可怜，你没体会过戴皮手套的感觉吧。你看。"

他突然把被雪沾湿的皮手套贴在了我火热的脸颊上。我闪身躲开，脸颊上燃起鲜明的肉感，留下烙印般的痕迹。我感到自己正在用非常清澈的目光凝视着他。

——从这一刻开始,我爱上了近江。

如果我可以用粗糙的说法,那么这就是我有生以来第一次恋爱。而且是清清楚楚地有肉欲连接的恋爱。

我急切地等待着夏天,至少是初夏,我觉得那个季节会为我带来看到近江裸体的机会。另外,在我的内心深处还抱有更羞耻的欲望,那就是想看到他那个"大玩意"的欲望。

两双手套在我的记忆中串线了。一双是此时的皮手套,另一双是接下来即将叙述的节日白手套,我觉得其中一双是记忆的真实,一双是记忆的谎言。也许皮手套更适合他粗鲁的面孔,可是或许正因为他拥有粗鲁的面孔,白手套反而更适合他。

虽说是粗鲁的面孔,其实那不过是一张随处可见的青年人的脸,只是混进了少年之中,因此给我留下了粗鲁的印象。他虽骨骼健壮,不过比我们之间最高的学生还矮不少。只是我们学校的校服样式很像海军士官的军装,穿在少年还没有发育成熟的身体上,很容易显得不合身,只有近江一个人能把自己的校服穿出充实的重量感和一种性感。应该不只我一个人会带着充满嫉妒和爱恋的目光,从深蓝哔叽材料的校服下窥见到他的肩膀和胸膛。

他的脸上总是会浮现出某种阴沉的优越感。那多半是随着受到伤害愈发高涨的东西。留级、驱逐……这些悲惨的命运对他来说，似乎被认为是因挫折而产生的一种意欲的象征。什么意欲？在我的想象中，那一定是激发出他的冷漠和"邪恶"灵魂的意欲。然而，就连他自己都必定没有充分认识到这宏大的阴谋。

他那张浅黑色的圆脸上有着傲慢的颧骨，形状姣好、肉厚却并不过高的鼻子下方，是线条流畅的嘴唇和结实的下颌，从那张脸上能感受到他充满全身的血流。那张脸上有的，是一个野蛮灵魂的外衣，有谁能从他那里期待"内在"呢？我们在他身上期待的，不过是遗忘在遥远过去中那不为人知的完美模型。

有时，他会心血来潮地来看我正在读的、与我的年纪不符的深奥书籍。我总是会带着暧昧的微笑藏起书。并不是因为羞耻，而是因为若我预测到他会由于对书籍之类的东西感兴趣，从而展现出笨拙之处，预测到他其实厌弃我的潜意识所塑造出的完整的他，那么这一切预测对我来说太痛苦。因为这个渔夫忘记故国爱奥尼亚，会让我痛苦。

无论是在课堂还是在运动场，我小心翼翼地凝视他的身姿，在此过程中塑造出了一个完美无缺的幻影。同样是因为如此，在我的记忆中，他的形象没有任何缺点。就连在小说式的叙述中必不可少的人物某种特征或可爱癖好，可以让人物显得生动的缺点，在我记忆中的近江身上也完全找不到。作为替代，我从近江身上提取出了无数其他特质，那就是他拥有的无限多样性和微妙的氛围。也就是说，我几乎从他身上提取出了生命完整性的定义，他的眉毛、他的额头、他的眼睛、他的鼻子、他的耳朵、他的脸颊、他的颧骨、他的嘴唇、他的下巴、他的脖颈、他的咽喉、他的血色、他的肤色、他的力量、他的胸膛、他的手，以及无数其他东西。

淘汰以此为基础进行，形成了一个嗜好的体系。正是因为他，我认为自己不会爱上聪慧的人。正是因为他，我不会被戴眼镜的同性所吸引。正是因为他，我开始爱上力量、爱上热血澎湃的形象、爱上无知、爱上粗鲁的动作和粗放的语言、爱上完全没有被理智侵蚀的肉体所具备的野蛮的忧愁。

——然而对我来说，这种荒谬的嗜好从一开始就在逻辑上蕴含着不可能之处。恐怕没有比肉体冲动更合乎逻辑的东西了。只要开始通过理智相互理解，我的欲望就会立刻衰退。就连在对方身上看到的一丁点理智，都会迫使我做出理性的价值判断。在爱这种相互作用之中，由于对对方的要求会直接成为对自身的要求，因此尽管只是暂时的，但既然我期待对方无知，那么这种想法就会要求自己绝对地"对理性谋反"。而无论如何，这件事都是不可能的。因此无论何时，对于未被理智侵犯的肉体的所有者，也就是无赖、水手、士兵、渔夫等人，我都时刻保持警惕，不与他们进行言语交流，同时仅仅带着热烈的冷淡，在远处细细端详他们。也许只有语言不通的热带荒蛮地区，才是适合我居住的国度。如此说来，从很小的时候开始，我心中就有了对荒蛮地带那如同沸水般热烈的夏日的憧憬。

接下来要说说白手套。

在我的学校，有着节日里戴白手套上学的习俗。贝壳纽扣在手腕处散发着黯淡的光，手背上缝着冥想般的三条线，只要一戴上这样的白手套，我就会想起举行仪式的昏暗礼堂，回家前得到的盐濑[1]点心盒，以及在一天的正中间发出脆响，仿佛遭受了挫折一般的晴朗节日。

那是一个冬天的节日，好像是建国纪念日[2]。那天早上，近江也难得早早来到了学校。

离整队还有一段时间。将初一学生从校舍旁的独木吊桥上赶走，这是初二学生冷酷的乐趣。初二学生明明看不起独木吊桥这种孩子气的游戏，心中却依然对它抱有眷恋。通过强行赶走初一学生，他们也可以得到那种摆架子的良好感觉，能够漫不经心、带着嘲讽意味地玩这项游戏。初一学生在远处围成一圈，看着初

---

1 盐濑：奈良的百年点心老店。
2 建国纪念日：2月11日。

二学生那带着些炫耀意味的粗鲁比赛。决出胜负的方法是让对方从适度摇晃的独木吊桥上掉下去。

近江站在独木吊桥中间，姿势宛如被逼到绝路上的刺客，不停地看着新的敌人。同一年级的学生里没有人能胜过他。已经有好几个人跳上独木吊桥，都被他敏捷的手拨倒，踩碎了地上在朝阳中闪闪发光的霜柱。每次胜利后，近江都像拳击选手一样，双手在额头附近交握，做出招人喜欢的动作。初一学生发出喝彩声，已经忘记了被他赶走的事情。

我的眼睛追随着他戴着白手套的手。那双手动作精悍，并且带着奇妙的精确，如同狼或某种动物幼兽的手。有时，那双手会像箭羽一样划破冬日早晨的空气，击中敌人的侧腹。掉落的对手有时会撞在霜柱上。近江的身体会在击落敌人的刹那倾斜，为了稳住重心，他偶尔会在因为裹了一层薄霜而容易滑倒的独木吊桥上扭动身体。不过，他凭借柔韧的腰肢力量，总是能重新摆好刺客一样的姿势。

独木吊桥面无表情地左右游移，波动一丝不乱。

……看着看着，一阵不安突然向我袭来。那不安无法解释，令人坐立不宁，类似于独木吊桥的摇晃带来的眩晕，却并非如此。那是所谓的精神性眩晕，也许我在担心这样看着他那危险的一举一动时，自己内心的平衡将被打破。这种晕眩中仿佛有两股力量在争霸，一股是自卫的力量，另一股是更深刻、更激烈地想要瓦解我内心平衡的力量。这股力量背后是一种微妙并且隐秘的自杀冲动，人们往往会在无意识中投身其中。

"什么嘛，都是些胆小鬼，已经没人上来了吗？"

近江站在独木吊桥上轻轻摇晃身体，戴着白手套的双手叉腰，帽子上的镀金徽章在朝阳中闪着光。我从来没有见过如此美丽的他。

"我来。"

在越来越快的心跳中，我准确预测到自己会说出这句话。我败给欲望的瞬间一向如此。我会向那里走去，站在独木吊桥上，与其说这是难以逃避的行动，不如说是预定好的行动。因此多年后，我依然会误认为自己是"意志坚定的人"。

"走开走开，你肯定会输的。"

我在众人的嘲笑声中从一头走上独木吊桥，刚站上去便脚下一滑，大家再次发出哄笑。

近江带着滑稽的表情迎接我。他拼命做出可笑的动作，装出脚底打滑的样子，还晃着手套下的手指捉弄我。在我眼中，他的手指就像是刺向我的危险武器的尖端。

好几次，我的白手套碰到了他的白手套。每一次，我的身体都会被他手掌上的力量压倒而摇晃。我看出来了，也许他是想尽情玩弄我，为了不让我过早败北而故意控制了力度。

"啊，危险，你真是太强了！我就要输了哦，马上就要掉下去了哦，快看！"

他又一次伸出舌头，摆出要掉下去的样子。

看到他那张滑稽的脸，看着他不自知地破坏自己的美丽，我感到难以忍受的痛苦。我逐渐被他压制，然后垂下了眼睛。结果他找到了这个空当，右手一下子将我扫倒。为了不掉下去，我的右手条件反射地抓住了他的右手手指。我清清楚楚地感受到了温度，它来自于包裹在那双服帖的白手套下的手指。

那一刹那，我和他四目相对，真的只有一刹那。滑稽的表情从他脸上消失，坦率到可疑的表情弥漫开来。那是一种既非敌意也非憎恨，纯洁而又激烈的情绪。也许是我想太多，也许那只是他手指被拉扯、身体失去平衡的瞬间失神了而已。然而当我感受到两人指尖交错间爆发出的如闪电般令人战栗的力量的同时，直觉告诉我，近江从我看他的视线中，发现了我爱着他——只爱着他。

我们两人几乎同时从独木吊桥上滚落。

有人扶我站起来，是近江。他粗暴地拉起我的胳膊，一言不发地拍掉我衣服上的泥。他的胳膊肘和手套上都沾满了泥，还带着亮晶晶的冰霜。

我带着责怪的目光抬头看他，因为他拉起我的胳膊向前走去。

在学校里，因为大家从小学开始就是同学，所以做出勾肩搭背的亲密行为也是理所当然的事情。正当此时，整队的哨声响了，大家都急匆匆地相互拉扯着向整队场跑去。近江和我一起滚落的事情，也已经差不多成为看腻了的游戏结果而已。所以，就连我和近江挽着手走在路上的样子，也应该只是并不显眼的景象。

然而靠在他的胳膊上向前走，我却感受到了无上的喜悦。也许是因为我天生羸弱，一切喜悦中都混杂着不祥的预感。此时，他胳膊上传来的强壮和紧迫感，从我的手臂传遍了全身。我想就这样走到世界尽头。

可是一到整队场，他就毫不犹豫地松开我的胳膊，排到了自己的位置上，然后再也没有看我一眼。在整个仪式的过程中，我一遍遍地将自己白手套上的泥，与隔着四个人站在那里的近江的白手套上的泥进行比较。

对近江的这种不知来由的倾慕，我既没有进行有意识的剖析，也没有加以道德的批判。一旦我试图有意识地集中精神在这件事上，我就不复存在。如果有无法维持和推进的恋情，那我的情况就是如此。近江在我眼中总是"最初的一瞥"，应该说是"混沌初开的一瞥"。其中被赋予了无意识的操作，保护着我十五岁的纯洁永远不受到侵蚀。

这是爱情吗？我后来也经历了无数次这种爱情，乍看之下保持着纯粹，内里却蕴含着独特的堕落和颓废。这是比世间爱情的堕落更加邪恶的堕落，颓废的纯洁同样是世上一切颓废中性质最恶劣的纯洁。

然而，在对近江的单恋中，在这段我人生中第一次邂逅的爱情中，我真的像一只将纯洁的肉欲隐藏在翅膀下的小鸟。让我困扰的，并不是获得的欲望，只是纯粹的"诱惑"本身。

至少在学校，特别是无聊的课堂上，我无法从他的侧脸上移开目光。我尚不知晓爱是索取和被索取，还能做出什么更出格的事情呢？对我来说，爱不过是小小的谜语，在无从知晓答案的情况下相互提问罢了。我甚至没有想象过，我这颗倾慕的心会得到何种形式的回报。

正值初三学生的第一次春季体检日，我得了一点小感冒，请假没有上学，第二天去学校时才发现自己错过了体检。当天请假的两三个人都去了医务室补体检，我也跟着去了。

房间中洒满了阳光，瓦斯炉升起似有若无的蓝色火焰。屋里充斥着消毒药水的味道，全然没有平时体检特有的，少年们拥挤在一起时散发出的蒸过的甜牛奶般的粉色气息。我们两三个人默默脱下了衬衫，场面有些凄凉。

一名和我一样总是感冒的瘦弱少年站在了体重秤上。看着他瘦骨嶙峋、长满汗毛的苍白后背，我的记忆突然复苏了。我总是希望一睹近江的裸体，此时想到这个强烈的愿望，想到自己竟然如此愚不可及，没有意识到体检是个绝佳的机会。这个机会已然错过，我只能继续毫无指望地等待下一个机会。

我脸色苍白，从自己的裸体上，从那一身苍白的鸡皮疙瘩上，感受到一种类似于寒意的悔恨。我发着呆，摩挲着自己弱不禁风的上臂上那难看的牛痘疫苗疤痕时，叫到了我的名字。体重秤看起来就像一台绞刑架，正在宣告我的死刑执行时刻。

"39.5！"

曾做过军队护士的助手对校医说。

"39.5，"校医一边在病历上记录一边自言自语，"至少要满40公斤吧。"

每次体检，我都会品尝到诸如此类的屈辱。不过因为今天近江不在旁边，没有看到我的屈辱，这让我稍微放心了一些。一瞬间，这份安心甚至成长为喜悦。

"好，下一个！"

助手冷淡地推了推我的肩膀，然而我并没有用平时那种厌恶并带着愤怒的眼神回头看他。

尽管如此，这份最初的爱情将以何种形式告终，我并非没有预感，哪怕只是隐约的感觉。也许这份预感带来的不安，就是我快乐的核心。

初夏的一天，那是如同为夏天打样的一天，或者说那天如同夏天正式登台前的彩排。为了真正的夏天来临时万无一失，夏天的先驱者仅仅选出了一天，前来检查人们的衣柜。通过这项检查的标志就是，人们只在这一天穿上了夏季的衬衫。

尽管天气如此炎热，我依然患上了感冒，伤到了支气管。为了做体操时能在旁边"观摩"（也就是不加入体操，只在一旁观看），我和吃坏了肚子的朋友一起去医务室取了那张必需的诊断证明。

回程路上，我们两个人尽可能缓慢地走向体操场。以去医务室作为迟到的借口足够充分，我们想要的是，缩短只能在一旁观看的无聊的体操时间，哪怕只能缩短一点。

"真热啊。"

我脱掉了校服的上衣。

"你这样好吗？明明还在感冒，教练会让你去做体操的哦。"

我又急忙穿上。

"我是因为吃坏了肚子，所以没关系。"

我刚穿好，朋友就炫耀似的脱下了上衣。

走到体操场一看，墙钉子上已经挂满了脱下的夹克，甚至还有衬衫。我们组的三十多个人在体操场对面的单杠旁集合。前景是下雨天阴沉的体操场，单杠周围是户外沙坑和草坪，明亮得仿佛在燃烧。由于自身的病弱而产生的自卑感攫住了我,对这份自卑感,我已经再熟悉不过了。我一边因为怄气咳嗽,一边向单杠走去。

寒酸的体操老师随便瞟了一眼,就从我手中接过诊断证明说:"来吧,做引体向上。近江,你来给他们做示范。"

我听见朋友们在小声叫近江的名字。他经常会在做体操时消失。我不知道他在干什么,不过现在,他悠悠地自树荫后出现,亮晶晶的叶子在阳光下摇曳。

看到这幅情景,我的心跳加速。他脱下衬衫,身上只剩下一件纯白的无袖运动背心。他浅黑色的皮肤与背心形成鲜明的对比,让那抹纯白显得越发洁净,仿佛隔得老远都能闻到气味。胸膛分明的轮廓和两个乳头就像石膏上的浮雕。

"引体向上吗?"

他用生硬却充满自信的语气询问老师。

"嗯,对。"

于是,近江慢条斯理地将手伸向沙地,带着身体健壮者往往会展现出的那种傲慢的懒散。他用下层湿润的沙子涂满手心,然后起身随便搓了两下手,看向上方的单杠。他的目光中闪现出渎神者的决心,五月的云彩和蓝天的影像在瞳仁里一闪而过,就落入了蔑视的冰冷中。他纵身一跃,两只上臂立刻将他的身体吊在了单杠上,那双上臂很适合文上船锚形状的文身。

"嚯！"

同学们的赞叹声隐隐飘浮在空中。所有人的心里都明白，这并非是对他力气的赞叹，而是对青春、对生命、对优越的赞叹。他袒露在外的腋窝下露出的浓密毛发让他们惊讶不已。恐怕少年们是第一次看到数量如此多的腋毛，如同繁杂的夏草丛一样。这些茂盛的毛发涌出近江深深凹陷的腋窝，一直延伸到胸口两侧，犹如并不满足于覆盖整个庭院，甚至爬到了石头台阶上的夏季杂草。两丛黑黝黝的草丛沐浴在阳光下，散发出耀眼的光芒，衬得那周围意外白皙的皮肤仿佛透亮的白色沙地。

他的上臂肌肉隆起，肩膀上的肉像夏日的云朵一样鼓起，然后腋窝下的草丛就折叠进阴影中看不见了，胸膛高高挺起，擦过单杠，引发了微妙的战栗。就这样，他重复做着引体向上。

生命力，只有过剩的庞大生命力让少年们折服。生命中的某种过度感，某种暴力的、只能解释成为了生命自身而存在的无目的感，还有令人不快的疏远的充盈感，压倒了他们。一个生命企图在近江自己一无所知的时候潜入他的身体，占领他，撞破他，从他体内涌出，一有机会就凌驾于他之上。从这一点上来说，生命很像疾病。他的肉体只是为了被粗暴的生命侵蚀，为了不惧传染的疯狂献身才被安放在这个世界上的。在惧怕传染的人们眼中，他的肉体应该是一种谴责。少年们纷纷畏缩地向后退去。

我和少年们一样,同时又有些许不同。从看到他茂密毛发的瞬间开始,我就erectio[1]了(这件事足以让我脸红)。因为穿着春秋款的薄裤子,所以我一直在担心会不会被人发现。就算没有这份不安,此时占据我心头的情绪也并非只是纯粹的欢愉。明明那就是我想要看到的东西,然而看到它带来的冲击,却发掘出了一种让我意想不到的别样情绪。

那就是嫉妒。

我听到近江的身体扑通落在沙地上的声音,如同完成了某种崇高的劳动一样。我闭上眼睛摇了摇头,告诉自己,我已经不爱近江了。

那是嫉妒,强烈到能让我为此而自动放弃对近江的爱。

也许正是这件事,从那时开始,我心中便萌生出对自己进行斯巴达式训练法的要求(写这本书便是这项要求的表现之一)。由于幼年时代的病弱和溺爱,我长成了一个甚至不敢抬头直视别人的孩子,从那时开始,我着迷于"必须变强"的准则。作为训练,我在往返于学校和家的电车上,不加区分地盯着每一个乘客的脸看。大部分乘客被我这样瘦弱苍白的少年盯着看时,都不会

---

1 erectio:拉丁语,勃起。

感到害怕，而是厌烦地别过脸去。很少有人会反过来盯着我看。只要对方别过脸去，我就会认为是自己赢了。就这样，我渐渐能直面别人的脸了。

——确信自己已经放弃爱情的我，暂时忘记了自己的爱。乍一看，这是一件愚蠢的事。我忘记了爱最明显的标志——erectio。事实上，勃起在很长一段时间里不自觉地发生着，当我独处时，由此引发的"恶习"也不自觉地进行着。我对性已经有了普遍的知识，却依然没有因为我与他人的差别而感到烦恼。

虽说如此，却并非因为我相信自己超越常规的欲望是正常的、是正统的，也并非误信每个朋友都和我抱有同样的欲望。令人惊讶的是，我沉迷于阅读浪漫的爱情故事，简直就像不谙世事的少女一样，在男女之恋和结婚上寄托了一切高雅的梦想。对近江的爱被我随手丢弃在谜语的尘埃中，也没有去深入探寻其中的意义。如今，我在书写"爱"或者"恋"时，完全不是出于身有所感。而我做梦都没有想到，我的这种欲望与"人生"之间竟然有着重大的关联。

尽管如此，直觉依然要求我保持孤独。它以一种不明所以的奇异不安的形式出现（我之前已经说过，我在幼年时期已经对长大成人有了浓烈的不安）。我在成长的感觉中，总是伴随着异常敏锐的不安。那段时期我长得很快，裤子每年都必须加长，所以裁衣服的时候要折进去很长一段。就像所有家庭一样，我会用铅笔在家里的柱子上记录自己的身高。这件事会在餐厅当着家里人的面进行,每次长高,家里人或是捉弄我,或是单纯地感到愉快。那时我会强颜欢笑,可是一想到自己会长成大人,我就会控制不住地预感到某种可怕的危机。我对未来有一种模模糊糊的不安,这种不安不断提高我脱离现实、沉溺幻想的能力,将我驱赶到了"恶习"身边,令我得以逃向梦想。不安认可了这点。

"你一定会在二十岁之前死去。"

朋友们看着我虚弱的样子嘲笑我。

"你们说的太过分了。"

我一边牵出一个苦笑,一边从这个预言里接收到了一种奇妙、甜蜜而感伤的陶醉。

"来打赌吧?"

"既然如此,我不就只能赌自己能活下去了吗?"我回答,"因为你会赌我死。"

"是啊,真可怜,你输了。"

朋友带着少年气的残酷不断重复着。

并非只有我一个人如此,同年级的其他同学都一样,我们的腋窝里都尚未长出如同近江那般茂盛的东西,只有几根即将冒头的新芽。所以,此前我并没有格外注意这个部分。让它成为我的固恋[1]的，毫无疑问就是近江的腋窝。

洗澡时，我开始长时间站在镜子前。镜子冷淡地映出我的裸体，我就像一只丑小鸭，深信自己长大后也能变成天鹅。这和那个英雄式的童话主题正好相反。看着镜子里与近江毫无相似之处的细瘦肩膀和单薄胸膛，我强迫自己期待这副肩膀有朝一日能像近江的一样宽阔，这个胸膛能像近江的一样健壮。与此同时，如履薄冰的不安，依然充斥在我心中的各个角落。与其说那是不安，它更像一种自虐式的确信，一种如同神谕般的确信——"我绝对不可能像近江"。

元禄时期[2]的浮世绘中，往往会把一对相爱男女的容貌画得惊人的相似。希腊雕刻中，美的普遍理想同样是男女趋近于相似。其中难道不是蕴含着一个爱情奥秘吗？在爱情深处，难道不是流动着想要变得与对方无比相似，而又不可能实现的热切期望吗？难道不是这股热切的期望，驱使着人类走向了悲剧性的叛离，渴望将不可能从反对的极致变为可能吗？也就是说，既然一对相爱的人不可能达到完全相似，反而会努力成为完全没有相似之处的人，这种叛离直接作用于展现媚态，难道不存在这种心理吗？而

---

1 固恋：弗洛伊德提出的心理学概念，指的是若儿童在心理发展阶段中不能得到适当的发展，那么他们将会对某种事物产生病态的执念和依恋。

2 元禄时期：1688—1703年，日本由东山天皇统治，幕府将军是德川纲吉。

且令人悲伤的是，相似不过是转瞬即逝的幻影。因为尽管恋爱中的少女会变得果敢，恋爱中的少年会变得羞怯，却会因为努力与对方接近，而总有一天不得不越过对方的存在，飞向远方——没有对方存在的远方。

参照上文所述的奥义，那强烈到让我对自己说出要主动放弃爱情的嫉妒，依然是爱。我爱上了自己腋窝下"与近江相似的东西"，它缓慢而谦虚地一点点萌生，成长，逐渐变黑。

暑假到了。对我来说，暑假本该是令人翘首以盼的，却成了无法收场的幕间休息，本该是始终在向往的，却变成了令人不悦的盛宴。

自从患上轻微的小儿结核病以来，医生就禁止我照射强烈的紫外线。我的身体不能在海边的阳光下直晒三十分钟以上。每当我打破这项禁令，身体就立刻会用发烧来回应我。我也无法参加学校的游泳演习，因此至今不会游泳。结合多年后在我心中执着发育、一有机会就令我动摇的"大海的蛊惑"来思考，我不会游泳这件事是具有暗示性的。

虽说如此，当时的我尚未与大海无法抗拒的诱惑相遇，夏天是完全不适合我的季节，而且毫无缘由的憧憬会激起我心中的欲望。为了能无忧无虑地度夏，我和母亲、弟妹在A海岸度过了那个夏天。

……突然回过神来,我发现只有自己被留在了岩石上。

刚才,我和弟弟妹妹循着有小鱼闪过的岩石缝,来到了这块岩石边。由于没找到理想的猎物,年幼的妹妹和弟弟开始感到厌倦。这时,女仆来接我们回到母亲所在的沙滩阳伞下,见我面露不满,不愿意同行,便留下我,只带走了妹妹和弟弟。

夏日正午的炽热阳光不停拍打着海面。整个海湾就是一个巨大的眩晕。海滩上那夏季的云朵如同雄伟悲凉的预言家,一半浸入大海中,静静伫立着。云朵的肌肉如同雪花大理石一样苍白。

只有从沙滩方向驶出的两三条快艇、小船和几条渔船在沙滩周围徘徊,除了船上的人以外再无其他人影。精致的沉默笼罩在一切事物之上。海上的微风将宛如快活的昆虫发出的隐形振翅声送到了我耳边,带着矫揉造作的微妙表情,仿佛要向我告密。附近的海滩由向海面倾斜的平坦而柔顺的岩石组成,像我身下的这种陡峭岩石,别处只有两三块。

海浪如同一团膨胀又不安的绿色,从海中央沿着海面滑过来。尽管伸进海水中的低矮岩石群迎着高高溅起的水花,像伸出白色手臂求救一样抵抗着海浪,但看上去依然仿佛置身于深深的充盈感之中,仿佛梦见了挣脱束缚、悬浮于海上的景象。然而,海浪瞬间弃它们而去,以相同的速度滑向岸边。终于,某种东西在那片绿色的篷子中睁开眼睛,站起身来。海浪在它的带动下起身，浪潮打下时，巨大的海斧磨得锋利的刀刃侧面完全展现在我们面前。深蓝色的断头台砸了下来，溅起白色的血花。于是，追赶着破碎浪尖而来的海浪在落下的瞬间，反射出临终之人瞳孔中映出的至纯蓝天，那是不存在于这个世界上的蓝。被海浪侵蚀的平坦岩石群，终于从海中显露出身影，它们在海浪袭来时立刻隐身于白色的泡沫中，却在余波退去后立刻散发出光彩。寄居蟹在炫目的岩石上蹒跚前行，我从岩石上看到它们渐渐变得一动不动。

孤独感立刻与我对近江的回忆融合在一起。情况是这样的。充斥着近江生命的孤独，生命通过束缚他而产生的孤独，对这些孤独的憧憬，让我萌生出想要与他同化的愿望，如今，我的孤独从外表上稍稍靠近了近江的孤独，在充盈的大海面前，我想以模仿他的方式来享受这份空虚的孤独。我应该一人分饰两角，一个是近江，一个是我自己。为此，我必须找出和他之间的共通点，哪怕寥寥无几。这样一来，我就能代替他有意识地行动，将他自身仅仅在无意识中拥有的孤独，当成充满快乐的孤独，将我看着他时得到的快感，幻想成他自身感受到的快感，我应该可以达成这项成就。

自从对圣塞巴斯蒂安的画着了迷之后，我养成了一个毛病，每次光着身子时都会不经意地将自己的双手在头上交叉。我的肉体羸弱，也没有圣塞巴斯蒂安那样丰满艳丽的面孔。此时，我依然在不经意地做出这样的动作，然后看向自己的腋窝，涌起无法解释的情欲。

——尽管一开始比不上近江，不过我的腋窝依然在夏天到来的同时，萌生出了黑色的草丛。这就是我与近江的共通点。这股情欲中明显有近江的介入，尽管如此，我依然无法否认我的情欲是冲着我自身的腋毛。那时，让我的鼻孔颤抖的海风，火辣辣地照在我裸露的肩膀和胸脯上的夏日艳阳，以及一望无际的荒凉景象联合起来，将我推向了第一次在蓝天下的"恶习"。我选择了自己的腋窝作为对象。

……不可思议的悲伤令我浑身发抖。孤独如同太阳一般灼烧着我。蓝色的毛短裤黏在我的腹部，令人不快。我慢慢从岩石上下来，把脚泡在岸边的浪潮中。在余波的映衬下，我的脚如同白色的死贝壳，大海中可以清楚地看到，镶嵌着贝壳的石头小路在波浪中摇曳，我跪在了水中。然后，破碎的波浪发出粗野的叫喊声逼近我，打在我的胸口，我任凭水花几乎将我彻底包裹。

——海浪退去后，我的污浊被洗去。我那无数的精子与退去的海浪一起，与海浪中的众多微生物、海藻种子、鱼卵等生命，一起被卷入泛着泡沫的大海。

秋天来了，新学期开始时，近江不在了。我在公告板上看到了他的开除处分。

于是，我的同学们就像篡位君主死后的人民一样，全都滔滔不绝地说起他的坏话来。他借了谁的十日元还没有还，他笑着强行夺走了谁的进口钢笔，他勒住了谁的脖子……他似乎对每个人都做过坏事，只有我完全不同，我对他的恶一无所知，嫉妒使我变得疯狂。不过，开除他的原因并没有定论，这件事让我的绝望稍稍得到了一些安慰。每个学校都有消息灵通的学生，就连他们也没办法打听到开除近江的毋庸置疑的理由。就连老师都只是笑眯眯地说了句"他做了坏事"。

只有我对他的恶抱有一种神秘的确信。他一定在计划某种就连他自己都尚未充分认识到的宏大阴谋。只有他的"邪恶"灵魂引发的意欲，才是他生存的价值，才是他的命运。至少我是这样认为的。

……于是，那"邪恶"的意义在我心中发生了变化。它所引发的宏大阴谋，具有复杂组织的秘密结社，以及一丝不乱的地下战术，必须是为了某个不为人知的神明服务的。他为那个神效劳，尝试让众人改宗，结果遭人告密，被秘密杀害。在某个黄昏，他赤裸着身子被带到山坡上的杂木林中。然后，他的双手被高高地绑在树上，第一支箭刺穿了他的侧腹，第二支箭刺穿了他的腋窝。

我继续幻想。于是，他抓住单杠做引体向上时的姿态，比其他任何事物都更容易让我回想起圣塞巴斯蒂安。

※

中学四年级的时候,我患上了贫血症,脸色越发苍白,手变成了草色。爬上比较高的楼梯后,我不得不蹲下身子休息好久。因为会有白雾一样的大旋风从我脑后盘旋而下,凿出一个窟窿,几乎要让我昏倒。

家人带我去看医生。医生诊断我得了贫血症。那是家里熟悉的一位风趣的医生,于是当家人问他贫血症是什么病时,他说要一边看参考书一边给我们解释。看完病后,我站在医生身旁。家里人站在医生对面。我能看见医生正在读的书页,而家里人看不见。

"……嗯,接下来是病因,就是生病的原因。多数情况下是因为'十二指肠虫'[1]。少爷的病或许也是由于这个,还需要检查粪便才能确定。另外,'萎黄病',这个很少见,而且是女人得的病……"

在这里,医生跳过了一项病因,然后嘴里念念有词地合上了书。不过我已经看见了他跳过去没有读的病因——是"自慰"。我感到心跳因为羞耻而加快,医生已经看穿了。

---

1 十二指肠虫:一种寄生虫,会寄生在人体或哺乳类动物的小肠中,特别是十二指肠中,能够吸血,引起重病。长度约为1厘米。

医生开了注射砷化合物的处方。一个多月后,我在这种毒素的造血作用下痊愈了。

然而有谁知道呢?我的血液匮乏,正与我对血的渴求形成了异常相关关系。

与生俱来的贫血,在我内心中植入了渴望流血的冲动。而这股冲动让我体内的血液更多地流失,从而让我对鲜血越发渴求。这种辛苦的梦想生活磨炼了我的想象力。当时的我还没有看过萨德[1]的作品,不过我以自己的方式,对《君往何处》[2]中对罗马斗兽场的描写深有感触,从而构想出了我自己的杀人剧场。在那里,年轻的罗马力士奉上了生命,仅仅是为了供人消遣。死亡一定要是鲜血横流,并且充满仪式感的事情。我对一切形式的死刑和刑具产生了兴趣。拷问工具和绞刑架由于不会见血而被我敬而远之。我也不喜欢手枪和步枪之类使用火药的凶器。我选择了尽可能原始、野蛮的武器,比如箭、匕首、长矛等等。为了延长痛苦,目标定为腹部。牺牲品必须发出叫喊声,令人感受到漫长、悲哀、凄惨、难以言表的存在的孤独。这样一来,生命的欢喜就会从内心深处熊熊燃烧,最终发出呐喊,与牺牲者的叫喊声相呼

---

1 萨德(1740—1814):法国作家,性虐待(sadism)这个词就是取自他的名字。代表作有《美德的不幸》《索多玛120天》等。
2 《君往何处》:波兰作家显克维支所著,描写罗马暴君尼禄时代的历史小说。

应。这不正与古人感受到的狩猎的欢喜别无二致吗？

希腊士兵、来自阿拉伯的白人奴隶、野蛮民族的王子、酒店的电梯服务员、服务生、无赖、士官、马戏团里的年轻人，都在我幻想中的凶器下惨遭杀害。由于我不懂如何去爱，所以会误杀心爱的人，就像野蛮民族的掠夺者。当他们倒在地上，身体依然在抽搐时，我吻上了他们的嘴唇。轨道一端固定着刑架，另一端的人形厚板上插着十几把匕首，会沿着轨道逼近，这个刑具是我受到某种暗示后发明的。那里有死刑工厂，贯穿人体的车床始终在运转，血汁加上甜味剂后装瓶出售。众多牺牲者双手被绑在身后，被送到我这个中学生头脑中的斗兽场里。

刺激渐渐增强，幻想达到了人类所能想到的最糟糕的程度。幻想中的牺牲者果然轮到了我的同学，一名善于游泳、体格出众的少年。

那里是地下室。正在举行秘密的宴会，典雅的烛台在纯白的桌布上闪烁着光芒，银质刀叉摆在盘子左右，还有照例会出现的盛开的康乃馨。唯一奇怪的是，餐桌中间的空白太大。稍后，一定会有一个相当巨大的盘子被搬上来。

"还没好吗？"

一名参加宴会的人问我。尽管他的脸在黑暗中看不真切，不过那是一个老人庄严的声音。如此说来，每个参加宴会的人，脸都在黑暗中看不真切。只有一双双苍白的手，在灯光下向前伸出，摆弄着闪亮的银质刀叉。房间中始终飘浮着窃窃私语，或者是自言自语的嘟囔声。这是一场阴郁的宴会，除了椅子时不时发出的嘎吱声，再没有其他明显的声音。

"我想应该快好了。"

我这样回答，却得到了阴沉的默然。可以看出，我的回答让众人感到不快。

"我去看看好了。"

我起身打开了厨房的门。厨房的一角有通往地面的石头台阶。

"还没好吗？"我问厨师。

"说什么呢，马上就好。"

厨师语气不悦地回答，头也不抬地切着像菜叶一样的东西。有两张榻榻米那么大的厚菜板上，空无一物。

石头台阶上方传来笑声。我抬头一看，另一个厨师拉着我同学的手臂下来了，是那名健壮少年。少年穿着普通的长裤，深蓝色的翻领短袖，胸口大敞着。

"啊，是B吧。"

我漫不经心地打了个招呼。走到石头楼梯的最下方，他双手插在口袋里，朝我露出一个淘气的笑容。然后，厨师突然从背后跳出，勒住了少年的脖子。少年剧烈地反抗。

"……柔道的招式……柔道的招式……叫什么来着？对

了……绞杀技……不会真的死掉……只会昏过去……"

我一边思考一边观赏这场激烈的战斗。突然，少年在厨师结实的手臂中筋疲力尽地垂下了头。厨师若无其事地把他抱上了料理台。然后，另一个厨师走了过来，用公事公办的动作脱下了那件翻领短袖，摘下手表，脱掉裤子，让少年全身赤裸。裸体少年微微张开嘴，仰面朝天。我与那张嘴完成了一个漫长的接吻。

"是躺着好还是趴着好呢？"

厨师问我。

"躺着好些吧。"

因为躺着可以看到他像盾牌一样结实的琥珀色胸膛，所以我这样回答。另一个厨师从架子里取出一个刚好和人的身体同样大小的西式盘子。那是一个奇怪的盘子，两边各有五个小孔，合计有十个。

"嘿呦！"

两个厨师把昏迷的少年搬到盘子上躺好。厨师愉快地吹起了口哨，用细麻绳从两侧穿过盘子上的小孔，紧紧绑住了少年的身体。他麻利的手法显示出他的熟练程度。大片生菜叶围在裸体旁，摆成美丽的形状。盘子还配有特大号的铁质刀叉。

"嘿呦！"

两个厨师抬起了盘子，我打开食堂的门。

迎接我的，是带着好意的沉默。餐桌上的空白处在灯光下白得耀眼,盘子被摆在了那里。我回到自己的椅子上,从大盘子旁边拿起特大号的刀叉。

"从哪里开始下手呢?"

没有人回答,我感到很多张脸从盘子旁边探了出来。

"这里比较好切吧。"

我把叉子插在了心脏上。鲜血如同喷泉一样直直打在我脸上。我先用右手的刀子,从胸口慢慢地切下薄薄一片。

贫血症痊愈后,我的恶习却越来越严重。几何课上,我对教师中最年轻的几何老师A的脸百看不厌。据说他曾经做过游泳教师,有着被太阳晒黑了的脸色和渔夫一样的粗犷声音。冬天,我用一只手抓着裤子,将黑板上的字抄在笔记本上。那时,我的眼睛会离开笔记本,下意识地追随A的身影。A会一边用充满活力的声音讲解几何难题,一边在讲台上下来回走动。

感官的烦恼已经渗透进我的日常生活中。在我面前,年轻教师不知何时以赤裸的赫拉克勒斯[1]的形象出现了。他一边用左手移动板擦,一边伸直右手用白粉笔写方程式的时候,我就会从他衣

---

[1] 赫拉克勒斯:希腊神话中的大力神。

服背后的皱褶中,看出《弓箭手赫拉克勒斯》[1]的肌肉皱褶。终于,我在课堂上犯了"恶习"。

——我垂下神情恍惚的头,在休息时间里来到运动场上。我的恋人(也是我单相思的,而且是留级生)来到我身边询问。

"喂,你昨天去片仓家吊唁了吧,情况怎么样?"

片仓是得了肺结核死去的温柔少年,前天举行了葬礼。听朋友说,他的遗容一点也不温柔,就像恶魔一样,于是我算好了时间,在他化成骨灰后才去吊唁。

"没什么特别的,因为已经化成骨灰了嘛。"我只是冷冷地回了一句,不过突然想起了一句讨好他的口信,"啊,还有,片仓的妈妈说还要请你多关照。她让我告诉你,她以后就寂寞了,让你一定要去家里玩。"

"傻瓜。"一股强烈而温柔的力量撞在我胸口,我吃了一惊。我的恋人的脸颊上浮现出红潮,依然带着少年气的羞涩。

"傻瓜,"他又说了一遍,"你也变坏了啊,笑得那么意味深长。"

——我一时没听明白,为了让这段对话合乎情理,勉强挤出了一个笑容。三十秒过去了,我依然不明白。最后我终于想通

---

[1] 《弓箭手赫拉克勒斯》:法国现实主义雕塑家布尔德尔(1861—1929)的作品。

了，片仓的母亲依然年轻，是一位美丽而清瘦的寡妇。

更让我觉得凄惨的是，我之所以理解得慢，绝不是因为我无知，而是因为他和我关心的点明显不同。这种距离如此明显，原本是我理应能够预知到的，可惜的是我却迟迟没能发现，这让我感到惊讶。

我没有去想片仓母亲的口信会让他有什么样的反应，只是下意识地感到自己将这件事告诉他，是想要讨好他。我对自己幼稚本身的丑陋感到绝望，对如同孩子哭过后干涸的泪痕般的丑陋感到绝望。我反复问过自己千百遍，为什么不能保持现在的样子继续下去呢？如今，我甚至没有力气再问这个问题了。我厌倦了，在纯洁中堕落了。我觉得只要留心（多么温顺啊），我也可以摆脱这种状态。我尚未知晓，我如今厌倦的东西明显是人生的一部分，就像我相信，我所厌倦的，是梦想，而不是人生。

我受到了催促，要从人生出发。从我的人生吗？就算万一，那不是我的人生，出发的时期也已经到来，我不得不迈开沉重的脚步前行。

第三章

人们都说人生就像舞台。不过我想，像我这样从少年时代的末尾开始，就陷入这种想法的人并不多。那已经成为一种牢固的意识，但是因为其中混入了极为朴素浅薄的经验，所以尽管心中的某个角落一直抱有疑惑，觉得并非所有人都是以这种方式出发进入人生的，但依然怀有七分确信，觉得每个人都是如此开始人生的。我乐观地相信，当表演完毕时，大幕总归会落下。我在其中赋予了早亡的假设。但是后来，这种乐天主义，更准确地说是梦想，遭到了残酷的复仇。

为以防万一，我必须多说一句，我此时想说的，并非普通的"自我意识"问题，而只是单纯的性欲问题，我尚未打算提及除此之外的事情。

原本，差生是源于先天的资质，而我为了和普通人一样升班，选择了权宜之计。也就是说考试时，我会在看不懂内容的情况下，偷偷抄朋友的答案，然后若无其事地交卷。有时，这种比作弊更愚蠢、更厚脸皮的方法，能获得表面上的成功。升上下一年级后，老师会以大家已经掌握了上一个学年的知识为前提继续讲课，只有这种人完全听不懂。就算听了课，依然什么都没有学会。于是，他只有两条路可走。一条是变坏，一条是拼命装作听懂了的样子。选择哪一条路，是由他的软弱和勇气的质来决定的，与量无关。无论选择哪一条路，所需要的软弱和勇气的量都是相等的。而且无论选择哪一条路，都需要对懒惰有一种诗一样持久的渴望。

有一次,我在学校的围墙外加入了一伙人,他们一边走一边热烈地议论某个不在这里的朋友,据说他喜欢一个往返于学校公交车上的女售票员。渐渐地,传言被普通的讨论取代,那就是公交车女售票员究竟有哪里好。于是,我故意用冰冷的语气抛出了下面的话:

"就是那身制服了吧,正好合身这一点很不错。"

当然,我完全没有从女售票员身上感受到此种性感的魅惑。只是类推——单纯的类推,让我说出了这番话。另外,一种符合我年龄的表现欲也帮了忙,我想要展现出有意冷淡的好色者形象。

于是,众人表现出了反应过度的样子。这群人在学校成绩很好,是行为举止都挑不出毛病的稳健派。他们纷纷说:"真没想到,你挺厉害的啊。"

"如果没有充足的经验,是没办法说出那么一针见血的话的。"

"其实,你很恐怖的吧。"

听到如此天真而令人感动的评价,我觉得这副药下得有些猛了。就算要说同样的内容,也还有更朴实且不那么刺耳的说法,那种说法也许会让我看起来更有深度。我在心中反省,应该再收敛一些才好。

十五六岁的少年,在操纵与年龄不符的意识时,容易陷入一项错误,那就是认为只有自己能操纵意识,因为自己心中的信念远比他人坚定。事实并非如此。我的不安,我的不确定,不过是要求我比所有人更早地控制自己的意识而已。我的意识不过是错乱的工具,我的操纵不过是不确定的瞎猫碰上死耗子的目测结果而已。按照茨威格[1]的定义,"魔鬼性是源于自身,人人有之的不安定,这种不安将人驱逐出自身,使人超越自身,将人推进无限和本原之中"。而且"似乎大自然将它从前的混乱中的某种不可转化的不安定部分,留给了每颗心灵",那不安定的部分带来紧迫感,"试图返回那个超越人性、超越感官的本原之乡"。在意识仅仅拥有解释作用的场合,人不需要意识也是理所当然的。

尽管我自己完全没有从女售票员身上感受到肉体的魅惑,但是单纯通过类推,斟酌后故意说出的那番话,却让朋友们惊讶,让他们羞红了脸,而且他们甚至凭借青春期敏感的联想能力,从我的话语中隐隐感受到了性感的刺激。我看到这幅情景,心中自然涌现出邪恶的优越感。不过,我的想法并没有就此终止。下面轮到我被欺骗了。我的优越感采取了偏颇的觉醒方式。经过是这样的——优越感的一部分成为自恋,让我陶醉于先人一步的想法

---

[1] 茨威格(1881—1942):奥地利作家。

中，这个陶醉的部分比其他部分先一步觉醒，尽管其他部分尚未觉醒，我却误以为一切都已经觉醒，于是"我比别人更进一步"的自我陶醉，被修正为"不，我和大家是同样的人"的谦虚，多亏了我的计算失误，这个想法敷衍地变成了"是啊，我在一切方面都与众人无异"（尚未觉醒的部分让敷衍成为可能，并且支持了它），最后，我被引导着得出了"所有人都是如此"的狂妄结论，意识不过是错乱的工具而已，却在此处发挥了强大的作用……最终完成了我的自我暗示。从那时起，这种自我暗示，这种非理性的、愚蠢的、虚假的、就连我自己都能意识到是明显欺瞒的自我暗示，占据了我生活的九成以上。我想，恐怕没有像我这样，对附身现象如此没有抵抗力的人了。

读到这里，想必大家都已经明白了吧？我能说出关于公交车女售票员的那些性感的话语，不过是因为某种实在单纯的理由，只有这一点我并没有注意到。那实在是单纯的理由，完全可以归结于我不像其他少年，对女人的事情抱有先天的羞耻心。

为了避免遭受指责，批评我不过是按照现在的想法，去分析当时的自己，我要在这里引用十六岁的我写下的一段话：

> ……陵太郎毫不犹豫地加入了一群不认识的朋友之中。他动不动就做出愉快的样子——或者是佯装愉快，相信能借此将那毫无理由的犹豫和倦怠塞回去。信仰的

最佳要素——盲信,将他置于白热化的静止状态中。他一边加入无聊的玩笑和嬉闹,一边不停地思考,他在想"我现在既不郁闷,也不无聊"。他将此称之为"忘记忧愁"。

周围的人始终在疑问中烦恼,自己幸福吗?这样也算是快活吗?这是幸福的正确存在方式,就像疑问这一事实,是最切实存在的东西一样。

然而只有陵太郎一个人下了定义,"我是快活的",并将自己置于确信之中。

按照这样的顺序,每个人的心都向他所谓的"切实的快活"倾斜。

渐渐地,朦胧却真实的事物被关进虚伪的机器中。机器开始强劲有力地运转。没有人发现自己置身于"自我欺瞒的房间"中。

——机器开始有力地运转。

机器真的开始有力地运转了吗?

少年时代的缺点就是,相信只要将魔鬼英雄化,就能让魔鬼满足。

总而言之,我迈入人生的时刻越来越近了。即将开始这段旅程时,我的预备知识不过是众多小说、一本性知识读本、朋友间传看的黄书,以及野外演习的夜晚从朋友们口中听来的很多天真的下流故事……火热的好奇心,是超越以上一切的最忠实的旅伴。出门的准备也是"虚伪的机器",只有决心,是最出色的姿态。

我事无巨细地研究了众多小说,调查了和我年龄相仿的人如何感受人生,如何与自己对话。我没有经历过宿舍生活,没有加入过运动社团,另外,我的学校里装腔作势的人很多,过了下意识的"低俗游戏"时期后就很少提及下流话题,再加上我格外内向,这些情况让我很难将每个人的本来面目一一对号入座。于是,我不得不从普遍的原则开始推理,"与我年龄相仿的男生"在独自一人时有何感受?从火热的好奇心来看,我似乎也经历过完全相同的青春期。到了这个时期,少年的脑子里会充斥着女人的事情,会长出青春痘,总是一肚子火,会写些太过甜腻的诗。少年们看到研究性的书频频在讲述自慰的危害,而当他们看到某本书中写着"没什么危害,放心吧"的时候,也会沉迷于自慰。在这一点上,我和他们完全相同!尽管相同,但我做这项"恶习"时,心中所想的对象与他们明显不同。对于这项不同,我选择了自我欺瞒,不去追究。

首先,他们似乎从"女"这个字上受到了异乎寻常的刺激。只不过是心头闪过这个字,他们就会脸红。而我在看到"女"字时,和看到铅笔、汽车、扫帚时的感受一样,完全不会接收到更多感官上的印象。就像提到片仓母亲时那样，我这种缺乏联想能力的情况时不时会在和朋友说话时出现，让我的存在变得愚蠢。他们觉得我是诗人，于是接受了这一点。我非常不想被当成诗人（原因是我听说诗人一定会被女人抛弃），所以为了跟上他们说的话，我人为地陶冶了自己的联想能力。

我当时并不知道，他们与我的不同，不仅体现在内在的感觉，甚至连外在表现也有明显的差异。他们看到女人的裸体照片后，会立刻erectio，只有我不会。另外，会让我erectio的对象（从一开始就由于我性倒错的特质而经过了奇妙的严格筛选），爱奥尼亚[1]型青年的裸体则完全不具备会引起他们erectio的力量。

在第二章中，我特意一遍遍写到了erectio penis[2]的事情，正是与此有关。因为我的自我欺瞒正是由对这方面的无知促成的。无论什么样的小说，都会在接吻情节时省略对男人erectio的描写。这是理所当然不会被提及的。就连研究性的书籍中，也省略了对接吻时就会产生erectio的描写。我以为erectio只是在肉体交合前，或者出现此种幻觉时才会产生的。我以为明明没有任何欲望，当时机到来时，我也会突然如同灵光一闪般出现erectio。我心中有百分

1　爱奥尼亚：小亚细亚西岸中部及其附近爱琴海岛屿古称。

2　erectio penis：勃起。

之十的部分在窃窃私语，"不，只有我不会"，这种想法构成了我心中各种形式的不安。那么，当我进行"恶习"时，心中曾经浮现过女人的某个部分吗？哪怕是试验性的。

没有。我一直以为不这样做，只是因为我的怠惰！

结果，我什么都不明白。不知道除了我以外，少年们每晚的梦中，都会有前一天在街角瞥见的女人们光着身子走来走去的场景；不知道少年们的梦中，会有女人的乳房，在夜晚的大海中像美丽的水母一样不断浮起；不知道女人们宝贵的部分会张开湿润的嘴唇，几百上千回、永无止境地吟唱塞壬[1]之歌……

是因为怠惰吗？也许是出于怠惰吧？这是我的疑问。我面对人生的一切勤勉，都来源于此。归根结底，我的勤勉都花在了为这一点怠惰做辩护上，是为了让这一点怠惰能保持下去的安全保障。

首先，我想为过去与女人有关的记忆一一编号，毕竟它们实在是太过贫乏。

在我十四五岁的时候，父亲调任到大阪，我们去东京站送他，之后几个亲戚顺路到我家拜访。也就是说，他们和母亲、

1　塞壬：希腊神话中人身鸟足的女妖，会用歌声迷惑水手，让船只遇难。

我、妹妹及弟弟一起来我家玩。其中有我的堂姐澄子，她二十岁左右，到了该结婚的年纪。

她有些龅牙。那是一排格外白皙美丽的门牙，一笑起来就会先闪出光，仿佛是故意让那两三颗牙更加显眼一样，牙齿稍稍突出的样子为笑容增添了一分难以用语言形容的可爱。在容貌和身姿美丽温柔的调和中，龅牙这种不调和就像点入的一滴香料，反而增强了协调感，为她的美丽增添了几分韵味。

既然"爱"这个词不合适，那么我对这位堂姐的感情就应该说是"喜欢"。我从小就喜欢远远看她。她穿着罗莎刺绣衣服，我可以在她身边坐上一个多小时，什么都不做，只是发呆。

伯母他们进了里屋后，我和澄子并排坐在客厅的椅子上一言不发。送行时川流不息的人群依然在我们脑中喧嚣。我觉得疲惫不堪。

"啊，好累啊。"

她轻轻打了个哈欠，白皙的手指并拢掩在口边，懒懒地轻敲了两三下嘴角，宛如在念咒一般。

"小公，你不累吗？"

出于某种微妙的原因，澄子用两只袖子盖住脸，一下子把头埋在了我的腿上。然后缓缓蹭了蹭，换成了侧躺的姿势，一动不动地躺了许久。我的校服裤子成了枕头的替代品，我因光荣而微微颤抖。她的香水和粉底的香味令我不知所措。澄子疲惫而清澈的眼睛睁得大大的，始终一动不动，这张侧脸让我不知如何是好。

仅此而已。虽说如此，我始终没有忘记那短暂地存在于我腿上的奢侈的重量。那并非性感，而是某种格外奢侈的喜悦，就像勋章的重量一样。

在往返于学校和家里的公交车上，我经常会遇到一个贫血体质的大小姐。她的冷淡引起了我的注意。她总是带着一副对一切都提不起兴趣的无聊表情眺望窗外。我的视线总是会被她微微突出的坚硬嘴唇吸引。她不在时，我会觉得公交车里少了些什么，不知不觉间，我在上下车时开始期待遇到她。我想：这难道是爱情？

我完全不明白。那时，我无论如何也不明白爱情和性欲是有何关联。当然，那时的我并不打算用爱情来解释近江带给我的那种恶魔般的魅惑。我对在公交车上见到的少女产生了微弱的感情，在把那份感情当作爱情的同时，我还被年轻粗野的光头公交车司机所吸引。无知没有逼迫我为矛盾做出解释。看着年轻司机的侧脸时，我的视线中有某种难以避免的、令人窒息的、痛苦而充满压力的东西，而偷瞥贫血体质的大小姐时，我的眼中又有某种刻意的、人为的、容易疲倦的东西。我不知道这两种目光的关联，它们在我体内和平共处，彼此间没有偏见。

作为那个年纪的少年，我看起来太缺乏"洁癖"的特质，而且我看起来缺乏"精神"的才能。如果说这些是因为我过于强烈的好奇心，自然而然地令我对伦理规范漠不关心，是可以成立的。但这份好奇心就像久病之人对外界绝望的憧憬，又与对不可能的确信密不可分。这种下意识的确信与绝望，让我的希望栩栩如生，几乎被错当成非分之想。

尽管我年纪尚轻，但我还不知道要在自己心中培养出明确的精神观念。这是不幸吗？世人普遍认为的不幸，对我来说意味着什么呢？我对性感抱有朦胧的不安，几乎只让肉体方面成为我的固恋。我熟练地坚信，这种与求知欲区别不大的纯粹的精神上的好奇心，对我来说正是"肉体欲望"，最终，我能够熟练地欺骗自己，仿佛我真的拥有一颗淫荡的心。这让我总是装出一副成熟的样子，表现出经验丰富的样子，经常带着一副对女人已经厌倦了的表情。

就这样，接吻率先成了我的固恋。如今的我可以说，接吻这一行为，其实质对我来说不过是某种表象罢了，我的精神需要在其中寻求容身之地。而当时的我由于错把那种欲求当成了肉欲，不得不为保持大量的心灵伪装而费尽心思。伪装本心这种下意识的内疚感，更加执拗地煽动我的意识发挥演技。然而反过来想想，人真的能如此彻底地背叛自己的天性吗，哪怕只有一瞬间？

如果不这样想，希求自己并不希求的东西，这种神奇的内心体系不就无法解释了吗？如果我身处于希求自己并不希求的东西的境地，这种希求与情理正好相反，不就证明了我的心中带着最不合乎情理的渴望吗？这样一来，这种渴望不就太过可爱了吗？难道我彻底欺骗了自己，从头到尾沦为了旧习的俘虏吗？很久之后，仔细研究这些问题成了我不容忽视的任务。

——战争开始后，伪善的禁欲主义风靡全国。高中也不例外。我们从上初中开始就在憧憬"留长发"，看来这份愿望进入高中后依然没有希望实现。花哨的袜子也已经成了过气的潮流。军事训练的时间毫无道理地延长，各种愚蠢的革新在紧锣密鼓的筹备中。

虽说如此，我们学校的传统校风善于取巧，有着虚伪的形式主义，因此我们在校园生活中并没有感到过多的束缚。分配到学校里的上校军官也是个通情达理的人，旧特务陆军上士N准尉因为东北口音"兹""呲"不分，而有了"兹特"这个外号，他的同僚"笨蛋特"、扁鼻子的"鼻特"都领会了校风，做事精明老到。校长是性格很女性化的老海军上将，不过他以宫内省为后盾，凭借无所事事、模棱两可的渐进主义保住了地位。

那段时间，我学会了抽烟喝酒。不过抽烟是做做样子，喝酒同样如此。战争教会了我们有些感伤的成长方式。那就是在二十多岁就结束人生，以后的事情一概不去考虑。在我们的想法里，人生就是神奇、无牵无挂的东西。人生这片咸水湖在二十多岁时被分隔出来，盐分骤然变高，我们似乎能够轻易地浮于其中。只要人生的落幕时刻不远，我就要更加卖力地表演给自己看的假面剧。然而，我尽管心里想着明天就要开始自己的人生之旅，就在明天，但却一天天拖延，几年以来始终没有要出发的迹象。这个时代不是我唯一快乐的时代吗？尽管有不安，却不过是模糊的不安，我依然心存希望，可以在永远未知的蓝天下眺望明天。旅途的幻想，冒险的梦想，我总有一天会变成成人模样，我尚未谋面的美丽新娘的肖像，对名声的期待……这些东西正如旅行指南、毛巾、牙刷牙膏、换洗衣物、袜子、领带、肥皂之类，整整齐齐地收好，躺在旅行箱中等待出发。在那个时代，就连战争在我眼中都有着孩子气的欢喜。我打从心底相信，就算中弹，我也不会感到疼痛，那种过剩的梦想在当时完全没有出现衰退的迹象。就连预想到自己的死，都会让我因未知的欢喜而浑身发抖。我感觉自己拥有一切。也许是因为，只有在忙着为旅行做准备时，我们才彻底拥有旅行的全部。剩下的工作只是破坏一切。那就是旅行，一件彻底的徒然之事。

终于，接吻的固恋在一张嘴上安定下来。动机难道不仅仅是源于要让幻想看起来更有依据吗？如前所述，那明明不是欲望，明明什么都不是，我却一味地相信那是。也就是说，这种不合逻辑的欲望，替代了原本的欲望。我希望我不是我，这种不可能实现的强烈欲望被世人的性欲，那种因为他是他自己而涌起的欲望替代了。

那段时期，我有了话不投机却关系亲密的朋友。他叫额田，是个轻浮的同年级学生，他似乎是为了纠正初级德语中的各种问题，选择了我做朋友。我做任何事情都只在开头有干劲，所以大家会认为我的初级德语学得很好。我被贴上了优等生（尽管其中包含着天才学生的意思）的标签，也许额田凭直觉看穿了我内心是多么厌恶优等生的标签（虽说如此，我却并没有发现比优等生标签更有效的安全保障），多么向往"坏名声"。在他的友情中，带着一种能激发我的弱点的意味。要说为什么，是因为别的硬汉派男生嫉妒额田，他身上会若隐若现地响起女人世界的消息，正如灵媒的灵界通信一样。

近江是我与女人世界之间的第一个灵媒。可是，由于那时的我更像我自己，所以能够满足于将灵媒的特质当成近江的美之一。而额田作为灵媒的任务，则是成为我的好奇心的超自然边界。也许其中一个原因，就是额田完全不美。

我说的"一张嘴"，就是去他家玩的时候出现的，他姐姐的嘴。

这名二十四岁的美人，很自然地将我当成小孩子对待。看着围在她身边的男人们，我终于明白了，自己完全不具备吸引女人的特质。这就是说，我绝对无法成为近江。也让我明白了，我想要成为近江的愿望，其实是源于我对他的爱。

就这样，我坚信自己爱上了额田的姐姐。我就像同辈的幼稚高中生一样，会在她家周围徘徊；会长时间赖在她家附近的书店里，等待着她从门前走过的机会；会抱着抱枕幻想拥抱女人时的感受；我不知画了多少张她的嘴唇；我伤心欲绝地自问自答。这算怎么回事呢？这种人为气息浓厚的努力，让我的心感受到某种异常麻木的疲惫。我不停地告诉自己我爱她，但我的心清楚地看到了这种不自然，于是用充满恶意的疲惫来抵抗。这种精神疲劳，仿佛有着可怕的毒素。我的内心有时在人为努力的间隙，带着令人浑身战栗的扫兴向我袭来，为了逃离这股扫兴，我又满不在乎地奔向另一种幻想。于是，我忽然变得生机勃勃，成为我自己，内心也为异常的想象而熊熊燃烧。而且这火焰被抽象化后留在了心里，并被加上了牵强附会的注解，仿佛这份热情是因为她而存在。——一次又一次，我欺骗了我自己。

如果有人指责我此前的叙述过于概念化，失之抽象，我只能回答，我并不打算絮絮叨叨地描写正常人的青春期肖像，以及在他人眼中完全相同的表象。如果除去我心中羞耻的部分，那么我的青春期与正常人相比，就连心灵内部都将完全相同，我与他们别无二致。好奇心与常人无异，对人生的欲望也是一样，只是因过于内省而耽于思考，发生一点小事就会脸红，而且对自己的容貌没有自信，不觉得会受到女生的吹捧，只是一味抱住书本不放，成绩尚佳，排在班里前二十。我就是这样一个学生。然后，你只需要想象这个学生是如何憧憬女人，如何焦虑，如何为空虚的事情而烦恼就可以了。没有比这更容易而又更缺乏魅力的想象了。我当然会省略这种完全在意料中的无聊描写。内向学生的一段完全不精彩的时期，我的生活与此完全相同，我向导演宣誓忠诚。

渐渐地，我只对年长青年产生的爱恋，也移至比我年轻的少年身上。当然，这是因为比我年轻的少年也到了近江的年龄。虽说如此，爱的推移同样与爱的质量有关。尽管我心中依然对野蛮的爱抱有幻想，但其中同样加入了高雅的爱。类似于保护者的爱，类似于少年的爱，随着我的自然成长开始萌发。

赫希菲尔德为倒错者做了分类，将只会在成年同性身上感到诱惑的一类人称为androphils，把喜爱少年或介于少年与青年之间的一类人称为ephebophils。我渐渐理解了ephebophils。Ephebo指的是古希腊青年，是介于十八岁到二十岁之间身强力壮的青年，这个词来源于宙斯与赫拉的女儿，不死的赫拉克勒斯的妻子赫柏。女神赫柏负责为奥林匹斯的众神斟酒，是青春的象征。

有一个刚刚进入高中、年仅十八岁的俊美少年。他皮肤白皙，嘴唇柔和，眉毛平顺。我知道他叫八云。我的内心欣然接受了他的面容。

于是，我在他一无所知的时候，从他身上收到了一份快乐的礼物。最高年级的各班班长要在晨礼时轮流喊口令，无论是早操时还是下午锻炼（高中也有这些。首先是三十分钟左右的海军体操，结束后要扛着铁锹去挖防空渠或者割草）。我要每隔四周喊一周的口号。夏天到了，早晨的体操时间和下午的海军体操时间，这所规矩严格的学校也迫于当时的流行趋势，命令学生半裸着身体做体操。班长在台上喊晨礼的口令，结束后，会发出"脱掉上衣"的指令，等大家都脱完后，班长会走下讲台，对随后走上讲台的体操教师喊出"敬礼"的号令，然后跑向年级队伍的最后，自己脱下上衣开始做体操。体操结束后会有教师来喊口令，所以班长的任务就结束了。喊口令这种事对我来说十分可怕，几乎让我汗毛倒竖，不过上面这种军队式的生硬程序恰好适合我，因此我非常期待由我负责的那一周。要说为什么，那就是因为多亏了这套程序，我能够看到八云的身影，而且可以看到他半裸的样子，并且不用担心自己瘦弱的身体暴露在他面前。

八云一般会站在最靠近讲台的那一排或者第二排。这位雅辛托斯[1]很容易脸红。看到他在即将整队时跑过来参加晨礼，气喘吁吁红着脸的样子，我心中会涌起一股喜悦。他经常一边喘着粗气，一边粗暴地拉开上衣的按扣，然后狠狠地将白衬衫的下摆从裤子里拽出来。我站在号令台上，看到他若无其事地露出洁白光滑的上半身，想要移开目光却无法做到。有个朋友漫不经心地问我："你喊口令的时候总是低着头，你脸皮那么薄吗？"我不禁浑身一凛。但是，这次我依然没有机会接近他蔷薇色的半裸身体。

夏天，高中的全体学生都会去M市海军机关学校参观一周。一天，游泳课上，大家都跳进了泳池。我不会游泳，找了个吃坏肚子的借口在旁边看着，但是因为一名上尉说日光浴治百病，所以我们这些病人也不得不半裸着上身。我看了看，八云是病人组的一员。他抱着白皙紧绷的胳膊，微风拂过他微微被晒黑的胸膛，洁白的门牙一直戏弄似的咬着下嘴唇。自称病人、在旁观摩的人们都选择了定定地站在水池边的树荫里，所以我毫不费力地来到了他身边。我用眼睛扫过他柔韧的身体，盯着他微微起伏的小腹，想到了惠特曼[2]的诗句：

---

[1] 雅辛托斯：希腊神话中的美少年。斯巴达王子，深受太阳神阿波罗的喜爱。在他死后，阿波罗将他的血变成了风信子。
[2] 惠特曼（1819—1892）：美国诗人，代表作有《草叶集》。

……年轻的人们仰面朝天,白皙的腹部在阳光下隆起。

——然而,这一次我依旧一言未发。我为自己瘦弱的胸腔和纤细苍白的手臂感到耻辱。

※

昭和十九年[1],也就是战争结束的前一年九月,我从幼年时代开始就读的学校毕业,进入了某所大学。说一不二的父亲强行令我选了法律专业。不过,因为我坚信不久后我会加入军队战死沙场,家人会在空袭中全部丧命,所以并没有感到太大的痛苦。

我入学后,按照惯例,出征的前辈把大学校服借给了我。我向他保证在我出征时,会把这件衣服还到他家,然后便穿着这件衣服开始了大学生活。

我明明比别人更害怕空袭,同时却带着一种天真的期待,焦急地等待着死亡。正如我多次提到的那样,对我来说,未来是一

---

1 昭和十九年:1944年。

种沉重的负担。人生从一开始就用义务观念捆住了我。我明白自己不可能完成义务，人生却会以不履行义务为由苛责我。我想如果能凭借死亡从这样的人生中逃离，一定会很痛快吧。我对战争中流行的死亡教义产生了感官共鸣。万一我"光荣战死"（尽管这与我极不相称），非常讽刺地结束这一生，我一定会在墓中笑个不停。然而现实是，当警报响起时，有这种想法的我却会迅速逃进防空渠中，比谁都快。

……我听到了拙劣的钢琴声。

当时，我在一个最近当上了特别干部候补生[1]的朋友家。他叫草野，是我在高中时唯一能稍微聊聊精神方面问题的朋友，所以我很重视他。我不是个会刻意结交朋友的人，以下这段叙述也许会伤害到我唯一的友情，然而我内心有种残酷的力量，强迫我必须这样做。

"那钢琴弹得好吗？经常打磕绊啊。"

"那是我妹妹。老师刚走，她在温习。"

我们不再说话，重新竖起耳朵倾听。因为草野即将参军，想必传进他耳朵里的，不仅仅是隔壁的钢琴声，同时还是他即将

---

[1] 特别干部候补生：被当作未来军官培养的学生。

离开的"日常生活",一种拙劣的、令人心焦的美。那琴声的音色,如同一边看菜谱一边做出来的不成功的点心,不够好吃,却给人带来安心感,我控制不住地问出了口:

"她多大了?"

"十八。是我最小的妹妹。"

草野回答。

——我越听越觉得那是十八岁特有的琴声,充满梦想,尚且对自己的美丽一无所知,指尖还留着稚嫩。我希望她永远温习下去,我的愿望也实现了。从那时开始,直到五年后的今天,那琴音依然在我心中继续流淌着。我多少次想要相信那是错觉,我的理性曾多少次嘲笑这个错觉,我的脆弱曾多少次嘲笑我的自欺欺人。尽管如此,琴声依然在支配我。如果"宿命"这个词中可以省去令人不快的固有意味,那么这个琴声对我来说正是宿命般的东西。

不久前,我记住了"宿命"这个词,带着异样的感动接受了它。高中毕业典礼后,我和作为老海军上将的校长一起坐车前往皇宫致谢词。这位阴郁的老人眼角积着眼屎,责怪我不想当特别干部候补生,而是下决心以一名普通士兵的身份应征,极力强调以我的身体不可能受得了士兵的生活。

"但是我已经做好思想准备了。"

"你说这种话是因为什么都不懂。不过报志愿的时间已经过了,事到如今,说什么都晚了。这也是你的destiny啊。"

他带着明治式的口音说出了宿命的英语。

"什么?"我反问了一句。

"destiny,这也是你的destiny。"

——他冷漠单调地重复了几遍,我能感觉到他语气中那种老人特有的羞耻,生怕别人看出他的苦口婆心。

在此之前,我一定在草野家见过这个弹钢琴的少女。不过,与额田家正好相反,草野家带着清教徒的气质,她的三个妹妹总是留下一个拘谨的微笑后就立刻躲起来。因为草野即将入伍,所以他和我轮流去对方家里拜访,彼此间依依不舍。琴声让我面对她的妹妹时变得尴尬。自从听到那琴声后,我总觉得自己成了知晓她秘密的人,再也无法正眼看她,或者与她说话。在她偶尔端来茶水的时候,我也只会看着眼前那双轻盈敏捷的脚。也许是因为不常看见当时流行的扎腿套裤或者长裤的女人的脚吧,那双脚的美让我感动。

——这样写,难免会让别人理解成我从她的脚上感受到了性感。事实并非如此。正如我屡屡提及的那样,我对异性的性感完全欠缺主见。我完全没有想看女人裸体的欲望,这就是一个最好的证据。可是,我认真思考过我对女人的爱,每到此时,之前提到的恼人的疲劳就会在心中蔓延，阻碍我追寻这种"认真的思考"。这一次，我认为自己是个重理性的人，并且从这个想法中找到了喜悦，通过把自己对女人冰冷且不持久的感情，比作对女人腻烦了的男人的感情，甚至同时获得了佯装成熟的炫耀式的满足。这种想法在我心中固定下来，如同点心店里的机器，只要扔进十日元硬币就能转出糖果。

我以为，我可以几乎不带任何欲望地爱上女人。这恐怕是人类有史以来最轻率的想法了。我对此并不自知（这种夸张的说法是我的天性，敬请谅解），却妄图对爱的教义进行一百八十度的逆转。因此，我自然在不知不觉间开始相信柏拉图的观念。也许这看起来和前文有矛盾之处，可我确实是如字面意义般纯粹地相信这一点。或许我相信的并非观念本身，而是其纯粹本身吧？我宣誓忠诚的对象难道不是纯粹本身吗？这是后话了。

有时，我看起来并不像相信柏拉图式观念的人，这是因为我的头脑往往容易试图构筑我所欠缺的性感概念，而这种想要佯装成熟的病态满足，会带来人为造成的疲惫。就是说，它源于我的不安。

战争的最后一年，我二十一岁。新年伊始，我们大学就动员学生去M市附近的N飞机工厂工作。八成学生成了工人，剩下两成身体虚弱的学生会做些事务性的工作。我属于后者。尽管如此，我在去年的体检中达到了第二乙种合格，说不定今天或者明天就会收到征兵令。

巨大的飞机工厂位于黄沙漫天的荒凉之地,仅仅横穿工厂就需要花三十分钟,里面有几千名工人在活动。我也是其中一员,编号是4409,临时从业员第953号。这座大工厂建立在神秘的生产费用之上,不需要考虑回收资金,被捧向巨大的虚无。因此,每天早上都要吟咏神秘的誓言。我从来没有见过如此不可思议的工厂。现代的科学技术,现代的经营方法,众多优秀头脑中精密合理的思维,一切都被奉献给了一件事物,即"死亡"。这座大工厂负责为特工队生产零式战斗机[1],仿佛是一个会自己发出嗡鸣、呻吟、哭喊、怒号的阴暗宗教。我觉得,如果没有某种宗教式的夸张,如此庞大的机构也将不复存在。就连公司董事中饱私囊的方式,也是宗教式的。

防空警报时不时响起,宣告着此种邪恶宗教的黑弥撒[2]时刻开始。

办公室兴奋起来,有人用地道的家乡话问:"消息怎么样了?"房间里没有收音机,所长室的女员工进来传达紧急报告:"敌人有数支编队。"就在这时,扩音器中传出沙哑的声音,命

1　零式战斗机:旧日本海军战斗机。由三菱重工设计。
2　黑弥撒:起源于中世纪法国基督教异端教派的恶魔礼拜。据说会有活人祭品和渎神的性爱仪式。

令女学生和国民学校的儿童避难。救护员四处发放红色行李签一样的东西,上面写着"止血 时 分"。受伤之后,要在这张便笺上写下止血时间,挂在胸前。警报响起后还不到十分钟,扩音器中传出了"全体避难"的通知。

事务员们抱着装有重要文件的箱子,匆匆逃向地下金库。把文件藏好后,我们冲回地面,加入戴着铁头盔或防空头巾横穿广场的群众中。众人朝着正门方向迅速涌动。正门外是荒凉的黄色平原,没有一根草、一棵树。七八百米之外是一座坡度平缓的山丘,松林中穿插着无数条避难壕。沉默、急躁、盲目的群众以那里为目标,在沙尘中分成两路,哪怕前方只是容易崩塌的红土小洞,他们也要朝着不是"死亡"的东西冲去,总之不是"死亡"。

一次休息日,我回到自己家,碰巧在那天晚上十一点接到了征兵令。电报上命令我二月十五日入伍。

因为像我这样羸弱的体格在城市里并不算稀奇,所以父亲出了个主意,让我在老家的军队接受体检,这样一来或许能突出我羸弱的体格,从而不被军队录取。于是我在近畿地区的老家H县接受了体检。农村的年轻人能轻轻松松举起十次草袋,我甚至抬不到胸前,连检察官都哑然失笑。尽管如此,我依然得到了第二乙种合格的结果,如今又接到了征兵令,不得不加入乡下粗暴的军队。母亲伤心地哭了起来,父亲也特别失望。看到征兵令后,就连我也陷入了消极的心绪中,另一方面又期待着轰轰烈烈的死法,所以觉得怎样都好。然而,我在工厂里患上了感冒,在去程的火车中越发严重。祖父破产后,我们在老家没有剩下任何土地,等我到达和家里关系亲近的熟人家里时,已经发起高烧,连站都站不住了。不过,由于有那家人的悉心照料,我喝下的大量退烧药也起了效果,最终,我姑且在众人的护送下,精神饱满地进了营地的大门。

被药物压制下去的热度重新抬头。入伍体检时,我像野兽一样被扒光衣服东转西转,打了好几个喷嚏。一个缺乏经验的军医听到我支气管中发出呼哧呼哧的声音,误以为是啰音[1],并且这次误诊荒唐地成了我的病情报告,于是我又检查了血沉。感冒引起的高热让血沉值变得很高。我被诊断为肺浸润,接到了即日返乡的命令。

走出营地大门,我跑了起来。冬日里荒凉的坡道向下通向村子里。如同在那座飞机工厂里时一样,我拔腿狂奔,冲向至少并非"死亡"的事物,什么都好,只要不是"死亡"。

---

1 啰音:听诊呼吸音时出现的呼吸杂音,多表明肺部有病变。

……在夜行列车上，我一边躲避从破碎的窗户里灌进来的风，一边为发烧引起的恶寒与头痛所扰。我问自己要回到哪里去。要回到东京的家吗？因为父亲在任何事情上都优柔寡断，家里人还没有疏散，依然在不安中颤抖。要回到环绕着那个家所在的充满阴暗和不安的城市中去吗？要回到那群眼睛如同家畜一般，仿佛想要彼此安慰，说出"没事的吧，没事的吧"的人群中去吗？还是回到飞机工厂的宿舍？那里只有担心得肺病的大学生，表情麻木地呆立着。

随着火车的震动，我靠着的椅背上，松动的木板接缝在活动。我闭着眼睛，想象家人在空袭中全部死去的光景。一种难以言喻的厌恶，从这种幻想中诞生。为了不让别人看到自己的死状，就连猫都知道要在临死前藏起来。我想象着自己看见家人悲惨的死状，或者让家人看到自己死状的情景，仅仅是想象，一股呕吐感就涌上胸口。死平等地降临在全家头上，濒死的父母、儿子、女儿眼里充满对死亡的共鸣，一想到彼此交换眼神，我只会觉得那是一家人其乐融融、团聚一堂的可憎复制品。我想在众人瞩目之中轰轰烈烈地死去。这又与埃阿斯[1]期待在明亮的天光下死

---

1 埃阿斯：特洛伊战争中的希腊英雄。在阿喀琉斯死后，与奥德修斯争抢他的武器，最终失败后拔剑自刎。

去的希腊式心情不同。我追求的是某种天然的自杀。如同狐狸尚未掌握狡猾的智慧，悠然自得地在山边漫步时，因为自己的无知遭到猎人的射杀，这就是我期待的死法。

——既然如此，军队难道不是最理想的地方吗？我难道不该向往加入军队吗？我为什么要对军医撒那种没有必要的谎呢？我为什么要说低烧已经持续了近半年，肩膀僵硬得不行，会咳出血痰，昨天晚上才出了一身虚汗（这是当然，因为我吃了阿司匹林）呢？为什么当我听到即日归乡的宣告时，却升起了微笑的欲望呢？尽管我想要隐藏那抹微笑，它却依然仿佛要压断骨头般堆上脸颊。为什么我离开营地大门后要拔腿就跑呢？这难道不是背叛了我的希望吗？我没有垂头丧气，没有双腿无力，没有脚步踟蹰，是因为什么？

只是因为我清楚地明白，我的生足以从军队所意味的"死亡"中逃离，却并没有伫立在路途前方，所以我很难理解，让我从营地大门飞奔而出的力量源自何处。我果然还是想要活下去吗？即便是以极缺乏意志的、气喘吁吁地冲进防空壕那样的生存方式。

于是，我体内的另一个声音突然开了口，它说我应该从来没有想过死。这句话在我面前解开了羞耻的绳结。尽管难以启齿，但我理解了。若说我想从军队中得到的仅仅是死亡，那是假的。我对军队生活抱有一种感官上的期待。并且让这份期待得以持续的力量，不过是每个人都拥有的如同原始咒术般的确信，确信只有我绝不会死。

然而，这种想法绝对不是我想要看到的。相反，我宁愿自己是被"死亡"抛弃的人。渴望死亡的人却被死亡拒绝，我宁愿如同外科医生在手术中处理内脏一样，集中起微妙的神经，并且事不关己地观察这种奇妙的痛苦。这颗心快乐得简直近乎邪恶。

大学与N飞机工厂发生了冲突，于是重新制订了日程，让学生在二月底之前全部撤出，三月上一个月的课，四月初再去别的工厂。二月末，近千架小型飞机袭来，虽说三月要上课，可是大家都知道那不过是名义上的事情。

就这样，我们在战争打得如火如荼时，得到了一个月的假期。这假期派不上任何用场，如同潮湿的烟花。不过，比起一袋勉强能派上用场的干面包，收到潮湿的烟花更让我开心。因为这实在很像大学才会送出的不得要领的礼物。——在这个时代，仅仅是派不上任何用场这一点，就是最好的礼物。

在我感冒痊愈几天后，草野的母亲打来电话。M市旁草野所在的队伍从三月十日开始允许会面，她问我要不要一起去。

我答应了。不久后，我造访草野家商量会面的事。这段时间，从傍晚到八点被认为是最安全的时间。草野家刚刚吃完晚饭。他的母亲是寡妇，母亲和三个妹妹在被炉边招待我。母亲向我介绍了弹钢琴的少女,她的名字叫园子。因为和钢琴名家I夫人同名,我便提到当时听到的琴声,开了一个稍微有些讽刺意味的玩笑。十九岁的少女在昏暗的遮光灯阴影下红了脸,她没有开口。园子当时穿着一件红色皮夹克。

三月九日早晨,我在草野家附近的车站走廊上等他们一家人。隔着铁路,一排商店因强制疏散而被破坏的景象一览无余。它们发出新鲜的嘎吱嘎吱声,撕裂了早春清冽的空气。破损的房子里,有的地方还能看到崭新的木纹发出刺目的光。

清晨依旧寒冷。这些天里,警报从未响起,空气被打磨得越发澄明,如今正纤细地铺满天空,呈现出崩溃的迹象。空气如同琴弦,轻轻一拨就会发出高贵的声响。也就是说,这份静寂中充满了丰富的虚无,仿佛转瞬间就将到达音乐的所在。就连落在杳无人迹的站台上的阳光,都在某种音乐的预感中颤抖。

这时,一个穿着蓝色外套的少女从对面的楼梯上走了下来。她拉着小妹妹的手,一边照顾妹妹,一边一级一级地向下走。大妹妹十五六岁,对她们缓慢的步伐感到不耐烦,却并没有率先快步走下楼梯,而是故意在冷清的楼梯上走出了"之"字形。

园子似乎还没有看到我。我则看得很清楚。有生以来,我从没在女性身上感受过如此令我心动的美。我的心怦怦直跳,心情变得纯洁。我这样写,也许看到这里的读者会感到难以相信。

因为似乎没有任何东西可以将我对额田姐姐那种人为的单相思，与现在怦怦直跳的心情加以区别。当时那种毫不留情的分析，没有理由对这种情况置之不理。如果是这样，那么写作这个行为从一开始就会变成徒劳。人们会认为我写的只不过是我随心所欲的产物而已。为此，我必须前后呼应，才能万事大吉。然而，我的一部分准确记忆告诉我，如今的我与过去的我之间存在一点差异。那就是悔恨。

园子在只剩最后两三级台阶的时候看到了我，在刺骨的寒气中，那张柔嫩的脸颊上绽放出一个笑容。她的眼皮有些沉重，仿佛没有睡醒，那双黑眼珠大大的，晶莹剔透，似乎想要说些什么。然后，她把小妹妹交给十五六岁的大妹妹，动作优美地跑向我所在的走廊，仿佛一道光在摇曳。

我看着她向我跑来，仿佛在迎接清晨的到访。她并非我从少年时代开始硬逼自己描绘出的具有肉体属性的女人。如果是那样，我只需要带着伪造的期待迎接她就好。然而令我感到困扰的是，我的直觉认出了园子身上有某种独一无二的东西。那是我深沉而谦恭的感情，让我觉得自己配不上她，尽管如此，却并非龌龊的自卑感。看着每个瞬间都在不断向我靠近的园子，一种坐立难安的悲伤向我袭来。那是我从未有过的感情。那悲伤仿佛要从根部动摇我的存在。在此之前，我只会用孩子气的好奇心，以及伪造的性感，所组成的人工合金般的感情看待女人。从未产生过在最初一瞥时，就有如此深沉到荡魂摄魄的悲伤，无法解释，且绝非我伪装的一部分。我意识到那是悔恨。可是，我犯下了需要悔恨的罪过吗？会有如此矛盾的情况吗？在犯下罪过之前先感到悔恨？是对我对自己存在本身的悔恨吗？难道是她的身影唤醒了我？这往往只是犯罪的预感吧？

——园子已经站在我面前，我难以反抗。因为我在发呆，所以她又一次行礼，让我清楚地看到。

"您等了很久吧？妈妈啦、祖母啦（她因为用了奇怪的语法而脸红）还在准备，大概会晚。那个，再等一下（她谦恭地改变了说法），请您再等一下，要是她们还不来，我们就先去U站好吗？"

她结结巴巴、一字一句地说出这几句话后，又喘了一口气。园子是个高挑的少女，身高已经到我额头了。她上半身十分优雅匀称，还有一双美丽的腿。一张未施粉黛的稚嫩鹅蛋脸，就像她不知修饰的纯洁灵魂的画像。她的嘴唇有些干裂，却因此越发生动。

之后，我们有一搭没一搭地闲聊起来。我竭尽全力装出快活的样子，竭尽全力扮演机智的青年，然而，我憎恨这样的自己。

火车好几次停在我们身边，又发出沉闷的吱呀声离去。这一站，上下车的人不多。每次火车进站时，舒适地洒在我们身上的阳光就会被遮住，不过，火车一走，阳光便重新在我脸上复活，柔和得令我战栗。如此丰裕充足的阳光洒在我身上，如此不求回报的时刻在我心中流淌，我感到这必定是某种不祥的预兆，比如几分钟后就会突然发生空袭，我们会在此地被炸死。我感到我们甚至不配享受如此微薄的幸福。但是反过来说，我们已经染上了恶习，会将如此微薄的幸福都当成恩典。与园子相对而立，偶尔说两句话，这件事在我心中带来的效果正是如此。支配园子的，也一定是同样的力量。

园子的祖母和母亲迟迟不来，于是我们坐上了不知道第几辆车前往U站。

在U站嘈杂的人群中，去探望儿子的大庭先生叫住了我们，他的儿子与草野同属一队。这位坚持穿礼帽和西服的银行家带着女儿，园子与她相识。她远不如园子美丽，不知为何，这让我欣喜。这种感情是怎么回事呢？因为看着园子和她亲昵地交握双手上下摇晃，看着她们天真的嬉闹方式，我便知道园子身上有着美丽的特权，具备安稳的宽容，这同样让她看起来比实际年龄更成熟。

火车上空空荡荡的。我和园子在车窗边面对面坐好，仿佛是偶然。

大庭先生一行加上女仆，一共是三个人。我们这边终于凑齐后，一共是六个人。若九个人占据一横排的位置，会有一个人多出来。

我不知不觉间迅速在心里计算。园子是否也在心中计算过了呢？我们面对面坐好，交换了一个恶作剧般的微笑。

计算的困难让我们这座小离岛成了默认的结果。出于礼貌，园子的祖母和母亲必须与大庭父女相对而坐。园子的小妹妹年龄最小，立刻选了能同时看到母亲和窗外景色的位置。她的小姐姐和她坐到了一起。这样一来，那边的座位就成了运动场，由大庭家的女佣照顾两个早熟的女孩子。陈旧的椅背将他们七个人与我和园子隔开。

火车还没开，大庭先生的唠叨就制服了我们一行人。他的声音低沉，像女人一样唠叨，完全没有给对方除了附和以外的任何权利。隔着椅背，我知道就连草野家最唠叨的、思想新潮的祖母都惊讶不已。祖母和母亲都只能说着"是，是"，在关键处忙着发出笑声附和。大庭先生的女儿也没有说上一句话。火车终于开动了。

离开车站后，阳光透过肮脏的窗户玻璃，洒在凹凸不平的窗框上，也洒在园子和我外套的膝头。我和她都听着旁边的唠叨声一言不发。有时，她的唇边会浮起一抹微笑。那笑容会立刻传染给我。每当这时，我们就会四目相对。然后园子又会竖起耳朵去听隔壁的声音，换上顾盼神飞、淘气又毫无顾忌的眼神躲开我的视线。

"我死的时候也要穿着这身衣服。穿着国民服和绑腿去死,难道不会死不瞑目吗?我不会让女儿穿长裤的,让她死的时候像个女孩样,这难道不是父母的慈悲吗?"

"是,是。"

"换个话题吧,要移行李的时候,你们请跟我说。家中缺少个男的怕是多有不便吧,有什么事请尽管找我。"

"实在不好意思。"

"我们银行包下了T温泉的仓库,员工的行李都移到那里了。可以说,放在那里是绝对安全的。无论是放钢琴还是别的,都没问题。"

"实在不好意思。"

"再说个别的事情,听说您儿子那一队的队长人很好,真是幸福啊。听说我儿子那一队的队长,会从家人会面时带去的食物里抽成呢。听说会面日的第二天,队长得了胃痉挛呢。"

"啊,呵呵呵。"

——园子再次压下嘴角的微笑,似乎有些不安,然后从手提包里取出了文库本。我有些不满,却对那本书的名字产生了兴趣。

"是什么书?"

她打开书,像扇子一样扇起来,一边笑一边把书脊送到我面前。她在看《水妖记》[1]（Undine）。

我感到身后有人从椅子上站了起来。是园子的母亲。她想去制止小女儿在座位上蹦蹦跳跳，还可以趁机逃过大庭先生的唠叨。不止如此，她把这个吵闹的少女和她那个早熟的姐姐带到了我们的座位旁边。

她说："来，带上这两个吵闹的孩子一起玩吧。"

园子的母亲是个优雅的美人。她在温柔地说话时，时不时会露出微笑来点缀，那微笑甚至会让人心痛。说这番话时，我在她的微笑中看到了某种悲伤的不安。母亲离开后，我和园子又偷偷对上了眼神。我从胸前的口袋中取出小本子，撕下一张纸，用铅笔写下一句话：

你母亲很在意哦。

"什么？"

园子从侧面探出头来，头发散发着孩子气的香味。她看完纸上的字后低下头，连脖子都变得通红。

---

[1] 《水妖记》：德国浪漫主义小说家莫特·福凯创作的童话。中文版本由徐志摩翻译为《涡堤孩》。

"喂，没错吧？"

"啊呀，我……"

我们又对视了一眼，理解就此成立。我也感觉到脸上热热的。

"姐姐，这是什么？"

小妹妹伸出手。园子迅速藏起了纸片。大妹妹似乎已经发现了这一连串过程的意义。她很不高兴，发起了脾气，夸张地训斥起小妹妹，可见她都明白了。

我和园子多亏了这个契机，反而可以更自然地交谈了。她说起了学校的事，以前看过的几本小说，还有哥哥的事，我则按照自己的想法立刻泛泛而论。这是诱惑术的第一步。由于我们两个聊得过于亲密，把两个妹妹丢在了一边，所以她们又回到了原来的座位上。于是，母亲又带着为难的笑容，把这两个派不上什么用场的"监督员"带回了我们身边。

当天晚上，我们一行人在靠近草叶队的M市安顿下来，住在旅馆中。已经快到睡觉的时间了，大庭先生和我被分在了一间房里。

只剩我们两人后，银行家表达了露骨的反战论。到了昭和二十年春天，只要人们聚在一起，就无时无刻不在谈论反战，我都听腻了。他小声嘀咕着融资客户里有一家大陶瓷公司，打着弥补战争灾害的名义，期待着和平，打算大规模生产家用陶瓷器，又说起日本似乎要向苏联求和之类的事情，我实在听不下去了。我有更想一个人思考的事情。摘下眼镜后，他的脸看起来有些肿，隐没在关掉的台灯投下的巨大阴影中。他发出单纯的叹息声，让整个被子轻轻摇晃了两三次，终于发出了安稳的呼吸声。我一边感受着裹住枕头的新毛巾扎在发烫的脸上的感觉，一边陷入了沉思。

剩下我独自一人后，早晨看到园子时，那动摇了我存在根基的悲伤卷土重来，再次鲜明地在我心中涌起，加入到总是威胁着我的阴暗焦躁中。它们明晃晃地揭露出我今天说的每一句话，以及一举手一投足中的虚伪。断定是虚伪毕竟比"那大概全是伪装吧"这左思右想的艰难臆测少些艰难。因此，不知从什么时候开始，让虚伪更加凸显出来，反而成了让我心安的方法。就算在这种时候，我从所谓人最根本的条件、人心最坚实的组织中感受到的执拗的不安，也只会将我的内省引向没有实际意义的原地打转。其他年轻人是怎样的感觉呢？正常人会有什么感觉呢？这种强迫观念在指责我，让我以为真真切切得到的幸福碎片，也将在转瞬间四分五裂。

平时的"演技"化为我的组织的一部分，那已经不再是演技了。让自己装成拥有正常人的意识，侵蚀着我心中原本拥有的正常，让我不得不一再告诉自己，那只是伪装出来的正常。反过来说，我正在成为几乎只能相信赝品的人。这样一来，我想要靠近园子的心情，这份我从一开始就倾向于认为是赝品的感情，或许只是带上了面具的欲望，是想要相信它是真实爱情的欲望。这样一来，也许我正在成为连否定自己都无法做到的人。

——想着想着，就在我以为终于进入半梦半醒状态中时，那熟悉的呼啸声穿过夜晚的空气传来，虽然不祥，却不知为何很吸引人。

"这不是警报声吗！"

银行家如此容易惊醒，这让我大吃一惊。

"可能吧。"

我含糊地回答。微弱的警报声久久未停。

由于会面时间很早，一行人六点就起床了。

"昨天警报响了吧？"

"没有啊。"

早上在盥洗室打招呼时，园子表情认真地否定了。回到房间后，这件事成了妹妹们拿姐姐开玩笑的好材料。

"只有姐姐不知道哦，哇，太好笑了。"

小妹妹随声附和。

"我都醒了呢，然后还听见姐姐好响的鼾声。"

"是啊，我也听到了哦。因为鼾声太大，甚至听不见警报声了。"

"你们就会说,拿出证据来啊。"园子在我面前满脸通红,努力逞强。

"撒这么过分的谎,后果会很严重哦。"

只有一个妹妹的我,从小就憧憬姐妹众多、热热闹闹的家庭。在我眼里,这种姐妹间半开玩笑式的吵闹,就是这个世界上最鲜艳最明确的幸福景象。这幅景象又勾起了我的痛苦。

吃早饭时,大家始终在谈论昨天的警报,那恐怕是进入三月后的第一次。那只是预备警报,最终并没有响起空袭警报,最后得出的结论让大家放了心。对我来说怎样都好。如果我不在期间,家里完全被烧毁,父母兄妹都死去,也是件痛快的好事。我并不认为这是格外残酷的幻想。因为如今每天都在平静地发生一切想象范围之内的事情,反而让我们的想象力变得匮乏。想象全家死去的景象,比想象银座店里的洋酒瓶一字排开,夜空中的霓虹灯忽明忽灭的景象要容易得多,所以它会轻易地浮现在我的脑海中。令人毫无反抗的想象力,无论它带着如何冷酷的容貌,都是与铁石心肠无缘的东西。那不过是一种怠惰温吞的精神罢了。

与昨晚只剩独自一人,宛如悲剧演员一般的我不同,走出旅馆时,我立刻装出一副轻浮骑士的样子,想要接过园子的行李。这也是我故意在大家面前做出的姿态。如此一来,她的拒绝与其说是在拒绝我,更容易被理解成是顾及祖母和母亲的结果,这个结果又会骗过她自己,让她清楚地意识到她与我已经如此亲密,甚至需要顾及到祖母和母亲。我的小伎俩奏效了。她把包交到我手上后,好像要解释什么,而无法从我身边走开。尽管身边有年龄相仿的朋友,园子却并没有和她说话,而是只顾着和我说话,我带着奇妙的心情注视着她。早春时节的风迎面吹来,夹杂着尘土味,将园子那近乎哀切又天真甜美的声音撕得粉碎。我抬了抬穿着外套的肩膀,感受着她背包的重量。那重量勉强为横亘在我心灵深处,类似于逃犯内疚的东西完成了辩护。——刚来到城郊,祖母先开了口。银行家回到车站,用了某种巧妙的手段,不一会儿就雇来了两辆包租车。

"哟,好久不见。"

我和草野握了握手,然后像碰触到龙虾壳一样缩了回来。

"你的手……怎么搞的?"

"呵呵,吓了一跳吧。"

他身上已经出现新兵特有的凉飕飕、惹人怜爱的气质。他把两只手一起伸到我面前。冻疮、龟裂和冻伤在尘土和油脂下凝固,将这双手变得犹如虾壳一样凄惨。而且这还是一双潮湿冰冷的手。

这双手令我恐惧的方式,与现实令我恐惧的方式如出一辙。我从这双手上感受到了本能的恐惧。实际上,我害怕的是这双残忍的手要向我内心告发、弹劾某种东西。我的恐惧是只存在于这双手面前,任何伪装都无法成立。这个念头刚一出现,另一个存在,也就是园子便拥有了意义,她成为我柔弱内心唯一的铠甲,可以抵抗这双手带来的恐惧。我感到,我无论如何都必须爱她。比起我内心深处的愧疚感,这是横亘在我心底更深处的本分。

一无所知的草野天真地开口:"洗澡的时候用这双手擦身上就行,都不需要搓澡巾了。"

他母亲发出一声轻轻的叹息。此时,我只觉得自己是个厚颜无耻且很多余的人。园子漫不经心地抬头看了我一眼。我低下头。尽管不合情理,但我总觉得自己必须要为某件事向她道歉。

"我们出去吧。"

草野有些不好意思,粗鲁地推了推祖母和母亲的背。营地庭院中的枯草暴露在风雨中,两个家庭各自围成圈,让候补生们吃些好吃的。遗憾的是,我无论怎样使劲地揉眼睛,都无法将这幅情景看作是美好。

不一会儿,草野同样盘腿坐在了圆圈中央,嘴里塞满了西式点心,眼睛滴溜溜地转,随后指向东京方向的天空。从这片丘陵地带望向干枯的原野对面,能看到M市宽阔的盆地。更远处,东京的天空出现在低矮山脉的缝隙间。早春冰冷的云朵在天空中投下稀薄的阴影。

"昨天晚上,那边红彤彤的一片,可吓人了。你家也不知道还在不在哦。那一整片天空都是红色的,以前的空袭中都没出现过呢。"

草野独自一人神气地侃侃而谈,还抱怨祖母和母亲一天不疏散,他就每天晚上都担心得睡不着觉。

"我知道了,我们会尽早疏散的。奶奶答应你。"

祖母要强地说。然后从腰带里取出小小的记事本,拿出一根牙签般细小的暗银色自动铅笔,仔细地写着什么东西。

回程的火车是忧郁的。就连大庭先生也一反来时的健谈表现,始终沉默不语。大家都成了平时藏在体内,如今被翻出来的"骨肉之情"的俘虏,那感情令人刺痛。彼此相见后,他们只能展示给儿子、兄弟、孙子和弟弟一颗赤裸的真心,却发现那赤裸的真心如此空虚,不过是在彼此夸示无益的流血罢了。而我,则被那双令人怜惜的手的幻影纠缠着。傍晚时分,我们乘坐的火车来到了站,要在这里换乘省线火车。

在这里,我们第一次目睹在昨晚的空袭中受灾的明确证据。桥上挤满了在战争中受灾的人。他们裹着毛毯,露出什么也不看什么也不想的眼睛,那只是单纯的眼球。还有的母亲始终以同样的幅度摇晃着躺在膝头的孩子,仿佛要永远摇晃下去。一个头上戴着烧焦了一半的假花的姑娘,靠在行李上沉睡。

我们从人群中穿过,甚至没有受到责难的目光。我们遭到了无视。仅仅因为没有和他们分享不幸，我们的存在理由就被抹杀，我们被看作影子一样的存在。

尽管如此，我心中依旧有什么东西在燃烧。一排排的"不幸"给了我勇气，给了我力量。我理解了革命带来的亢奋。他们看到规定了自己的存在的一切——人际关系、爱憎、理性、财产，目之所及的一切，通通被火包围。那时，他们并非在与火焰战斗。他们在与人际关系战斗，与爱憎战斗，与理性战斗，与财产战斗。那时，他们就像遇难船的乘务人员，处于为救一个人可以杀掉另一个人的条件下。杀死为救恋人而死的男人的并不是火焰，而是他的恋人，而杀死为救孩子而死的母亲的人不是别人，正是她的孩子。在那里相互战斗的，恐怕是人类社会中前所未有的普遍并且源于本质的种种条件。

我在他们身上看到了惊人的剧目留在人们脸上的疲劳痕迹。我心中迸发出了某种炽热的确信。尽管只有一瞬间，但是我感到自己对于人类本质条件的不安被擦得一干二净。我心中满是大声叫喊的冲动。

如果我有更多自省的力量，如果我能再睿智一点，也许就可以仔细体会那些条件了。可滑稽的是，一种梦想的热度让我的手臂第一次环绕住了园子的身体。说不定就连这样微小的动作，都在告诉我名为爱的东西已经一无是处。我们就这样走在了一行人前面，迅速穿过大桥。园子什么都没有说。

——但是，当我们在明亮到不可思议的省线火车里坐好并看着对方的脸时，我发现园子看着我的眼睛里，闪烁着某种被逼上绝路却乌黑而柔软的光芒。

换乘东京都内环状线后，乘客中有九成都是战争的罹难者。那里充斥着更明显的火焰气息。人们反而会用响亮的声音，自豪地诉说自己刚刚逃过的危难。他们正是"革命"的群众。因为他们是一群带着光辉灿烂的不满、精力充沛的不满、意气风发而心情愉悦的不满的群众。

我独自在S站与众人告别。我将园子的包还到了她手上。沿着漆黑的道路向家走去时，我好几次意识到自己手中已经不再有她的包了。于是我明白了，那个包在我们之间起到了多么重要的作用。那是一份小小的苦役。为了让我的良心不要过于抬头，我必须始终拿着一个"秤砣"，换句话说就是一份苦役压盖它才是。

家人们若无其事地迎接我。东京也是很大的。

两三天后，我带着说好要借给园子的书拜访了草野家。这种情况下，说到二十一岁的男子为十九岁的少女选的小说，就算不列出书名也能大体猜到。自己正在做着平凡的事情，这种喜悦感对我来说是特别的。因为园子正好出门去附近办事了，很快就会回来，于是我在客厅等她。

就在这段时间里，早春的天空像碱水一样阴沉，开始下雨了。园子似乎是路上淋了雨，带着满头晶亮的雨滴，走进昏暗的客厅。她缩起肩膀，坐在长椅深处漆黑的一角，嘴角带笑，红色夹克的胸口，在黑暗中浮现出来两团圆润的凸起。

我们的话不多，说话时也战战兢兢的。两人独处的机会对我们两个来说都是第一次。我明白了，在那趟短暂的旅行中，我们能在去程的火车上轻松对话，八九成都是仗着身边那位能说会道的人和两个小妹妹。甚至连当初在纸上写下一行情书交给她的勇气，在今日也已经荡然无存。我比以前谦虚得多。如果对自己不管不顾，我很可能会变成一个诚实的人。也就是说，我不害怕在她面前变得诚实。难道我忘记了表演吗？忘记了惯常的那种像一个完全正常的人一样恋爱的表演？不知道是否真的如此，我感觉自己仿佛完全不爱眼前这个水灵灵的少女。尽管如此，我却心情舒畅。

阵雨停了，夕阳洒进房内。

园子的眼睛和嘴唇光彩夺目。那份美丽被转译成我自身的无力感，重重压在我身上。于是，这种痛苦反而让她的存在变得虚幻。

"我们啊，"我开了口，"不知道能活到什么时候。警报现在就可能响起，那些飞机上装的，说不定就是会直接击中我们的炸弹。"

"那该多好啊,"她原本在摆弄着苏格兰条纹裙子上的皱褶,当她一边说一边抬起头时,薄薄一层汗毛的反光为她的脸镶了一道金边。"就像这样……飞机悄无声息地到来,在我们说话的时候,直击弹落在我们头上……你不这样想吗?"

说出这番话的园子自己都没有意识到,这是爱的告白。

"嗯……我也这样想。"

我煞有介事地回答。园子不会知道,这个答案深深根植于我内心深处的愿望中。然而仔细一想,这番对话简直滑稽至极。如果身处和平的世界中,这将是爱到深处才会发生的对话。

"死别、生离,我完全腻了。"像是要掩盖害羞,我挖苦地说了一句,"有时候,你不会有这种感觉吗?在这个时代,分离才是日常,相见才是奇迹……仔细想想,像我们这样能好好说上几十分钟话,说不定已经是相当罕见的奇迹了。"

"嗯,我也……"她欲言又止,然后用一本正经却带着愉悦的平静语气说,"我们才刚刚见面,很快就又要天各一方了。祖母急着要疏散。前天回到家后,她马上给N县某村的伯母打了电报。今天早上,对方打来长途电话。祖母在电报里请伯母代找房子。对方的回答是,现在就算找也不会有房子的,让我们先去伯母家疏散。热热闹闹的,伯母也会高兴。祖母说这两三天就要过去,真是性急。"

我甚至没能轻声附和。我受到的打击之深让我自己都吃了一惊。一切会保持原状，我们两人将过上无法离开对方的日子，不知何时，我舒畅的心情已经有了这样的错觉。在更深层次的意义上，这对我来说是双重错觉。她宣告别离的话语告诉我如今的相逢是多么虚幻，如今的喜悦不过是假象，在破坏我以为一切将永远存在的这种幼稚的幻觉的同时，也让我醒悟过来，就算离别没有到来，男女之间的关系也不会始终保持原状，这份觉悟打破了我的另一个错觉。我痛苦地睁开了眼睛。为什么不能保持原状呢？少年时代曾经问过自己数百遍的问题，再次来到我嘴边。难道有一种古怪的义务施加在所有人身上，破坏一切，让一切不得不转移，让一切不得不进入漂泊中？这种令人不悦至极的义务，就是所谓的"生"吗？不是仅仅对于我才是义务吗？至少可以肯定，只有我才能感觉出那义务是个沉重的负担。

　　"哼，你竟然要走了……本来，就算你留下，我不久后也必须要走的……"

　　"你要去哪里？"

　　"三月末或者四月初，我就又要住进不知哪家工厂里了。"

　　"那不是很危险吗？有空袭什么的。"

　　"嗯，很危险。"

　　我自暴自弃似的回答，然后匆匆回去了。

——第二天一整天，我都沉浸在终于免除了必须爱她的义务后的平静之中。我心情舒畅，想要放声歌唱，或者一脚踢飞可憎的六法全书。

这种奇妙的乐观状态持续了整整一天。我像孩子一样睡得很香。深夜再次响起警报声，打破了我的沉睡。我们一家人一边发着牢骚，一边钻进防空壕，结果什么事也没有发生，不久后就听到了解除警报的声音。我在壕沟中昏昏沉沉，背着铁头盔和水壶，最后一个爬上地面。

昭和二十年的冬天很黏人。尽管春天已经像豹子一样蹑手蹑脚地到来，可冬天依然像笼子一样挡在它面前，昏暗而顽固。星光下依然有冰晶的光芒。

常绿树的树叶为星空镶了一道边，我迷迷糊糊看到几颗星星从树叶间温暖地渗出光芒。夜晚冰冷刺骨的空气渗入我的呼吸中。突然，一个观念压倒了我，我爱着园子，没有园子的世界对我来说一文不值。我心灵深处的声音在说，试着忘记一切能忘记的东西。于是，悲伤仿佛已经等得不耐烦般一拥而上。正是我在清晨的站台上看到园子的身影时，那股足以动摇我存在的根基的悲伤。

我坐立不安，跺了跺脚。

尽管如此，我依然忍耐了一天。

第三天傍晚，我再次拜访了园子。正门前，一个工匠打扮的男人正在打包行李。他在沙地上用草席包住长方形的衣箱，然后用稻草绳捆起来。我看到这幅情景，突然感到不安。

出现在正门前的人是祖母。祖母身后堆着已经打包好、只等着搬出去的行李，门厅里满是草屑。看到祖母突然露出犹豫的表情，我决定不再见园子，现在就回去。

"请把这本书交给园子小姐。"

我像书店的伙计一样，又拿出了两三本感伤主义小说。

"每次都麻烦你，真不好意思。"祖母说，完全没有去叫园子的意思，"我们明天晚上就要一起出发，搬去某村了。所有事情都顺利地按计划进行，结果没想到这么早就要出发。这栋房子会租给T先生，作为他们公司的宿舍。虽说孙女们都在我身边，这让我很高兴，不过还真是舍不得啊。你要来某村玩啊。安顿下来后，我们会给你写信，所以一定要来玩啊。"

祖母是个擅长社交的人，她说的这番场面话并不会让我感到不快。可是，和她那口过分整齐的假牙一样，这番话不过是无机制的整齐排列而已。

"大家都要健健康康的。"

我只能说出这么一句话，甚至无法说出园子的名字。那时，园子出现在房间深处的楼梯拐角，仿佛是被我的犹豫不决招来的。她一只手拿着装帽子的大纸箱，另一只手抱着五六本书，头发在从天窗外洒进的光线下燃烧。看到我后，她大喊一声，祖母吓了一跳。

"请等一下。"

然后,她慌慌张张地向二楼跑去。我看着大吃一惊的祖母,很是得意。祖母一边向我道歉说家里堆满了行李,腾不出房间来招待我,一边匆忙消失在房间中。

不久后,园子满脸通红地跑了下来。我站在玄关的一角,她一言不发,在我面前穿好鞋子站起身,说要送我一段。她命令式的尖嗓门中有着令我感动的力量。我像个纯情少年一样,一边摆弄制服帽子,一边盯着她的动作,却感觉心中的脚步声戛然而止。我们几乎是擦着对方的身体走出房门的。我们沉默地走在通往大门口的沙石小路上。园子突然停下脚步,重新系好鞋带。因为她花了些工夫,所以我走到大门边,一边望着街道一边等待。我不明白十九岁少女那可爱的手段。她一定要我比她先走一步。

突然,她的胸脯从身后撞在了我校服的右臂上。就像汽车相撞的事故一样,这是由于某种精神恍惚的状态而造成的冲击。

"……嗯……这个给你!"

西式信封坚硬的角刺进了我掌心的肉里。我差点捏碎了那封信,就像掐死一只小鸟一样。不知为何,这封信的重量让我难以置信。我瞥了一眼手中那个符合女学生品位的信封,仿佛在看某种不能看的东西。

"一会儿……等你回到家再看。"

她小声说了一句，声音仿佛被人挠痒时一样痛苦。

我问道："回信要寄到哪里？"

"我已经……写在里面了……某村的地址。寄到那里就好。"

我突然开始期待离别，尽管这有些奇怪。这种情绪就像捉迷藏的时候，捉的人开始数数，大家一哄而散，各自奔向不同方向那一瞬间的愉悦。我有一种奇妙的天分，就像这样，可以享受任何事情。多亏了这种邪恶的天分，就连我自己都经常把自己的怯懦误当成勇气。然而，这天分却是不对人生进行任何筛选的人的甜蜜的补偿。

我们在车站的检票口告别，甚至没有握一握手。

有生以来第一次收到情书，这让我欣喜若狂。我等不及回到家里，也不在乎别人的目光，在车上就拆了信。于是，许多影画卡片和教会学校学生会喜欢的外国彩色画卡差点散落一地。其中，有一张折好的蓝色便笺，画着迪士尼的狼与孩子的漫画，下面用练字时的工整字迹写道：

> 十分感谢你借书给我。多亏有那些书，我读得津津有味。我打从心底祈祷，你在空袭中也能健康平安。等我们安顿下来后，会再给你写信的。我的地址是××县××郡××村××号。随信送上些不值钱的小东西，权

当礼物，还请务必收下。

这是一封多么不值一提的情书啊。刚才翘得高高的鼻子撞到了南墙上，我脸色煞白地笑出声来。谁会回信啊，最多就是在印好的感谢信上写两句罢了。

不过，在到家前的三四十分钟里，一开始就有的那种想写回信的要求，渐渐开始为最初"欣喜若狂的状态"而辩护。我立刻想到，她在那种家庭教育下是不可能学会写情书的。这是她第一次给男人写信，所以她下笔时一定因为各种顾虑而畏缩了。因为，她当时的一举一动，确实倾诉了比这封信更丰富的内容。

突然，我又被从另一个角度袭来的愤怒所控制。我再次把气撒到了六法全书上，抓起它砸向房间的墙壁。我责备自己：你也太窝囊了，在十九岁的女孩子面前，竟然垂涎欲滴地等待着对方迷上自己。为什么不能更果断地发动攻势呢？我明白，你踟躇的原因在于那异样的、不知出处的不安。既然如此，你为什么又要去拜访她呢？回头看看也好，你十五岁的时候，过着那个年龄该过的生活。十七岁的时候，马马虎虎能跟得上普通人的脚步。可是到了二十一岁的现在，怎么样呢？朋友们说你二十岁会死，预言尚未实现，战死的希望也姑且断绝了。好不容易活到这把年龄，竟然落到为与一个少不经事的十九岁少女的初恋而不知所措的地步。切，多了不起的成长啊！二十一岁才第一次交换情书，你是算错时间了吧？而且你都这么大了，不是连吻都不知道是什么滋味吗？你这个落后生！

接着，另一个阴暗执拗的声音开始揶揄我。里面带着一种近乎热情的诚实，是我从未感受过的人情味。那声音连珠炮似的说个不停。——爱吗？那也挺好。不过，你对女人有欲望吗？你想欺骗自己只对她没有"卑鄙的愿望"，从而忘记你本来就不会对所谓女人抱有"卑鄙的愿望"吧？说到底，你有使用"卑鄙"这类形容词的资格吗？说到底，你有过想看女人的裸体这种念头吗？哪怕是一次，你想象过园子的裸体吗？像你这么大的男孩子，只要看到年轻女孩就会情不自禁地想象她的裸体，凭你擅长的类推法，这种不言自明的道理你自然是懂的。为什么要说这些话？你扪心自问，只需要一丁点修正，不就可以完成类推了吗？昨晚睡前，你委身于惯例的"恶习"了吧？如果是类似于祈祷的东西倒也没什么。这是一场微小的邪教仪式，大家都会做。因为替代品一旦用顺手了，也不是会让人不舒服的东西。特别是这东西还是效果显著的安眠药。不过，当时浮现在你的脑海中的绝对不是园子吧？那是稀奇古怪的幻影，旁观的你每次都会肝胆俱裂。白天，你走在街上，只会盯着年轻的士兵和水手看，他们正值你喜欢的年华，被阳光晒得黝黑，嘴角青涩，与知识分子相去甚远。你一看到那样的年轻人，就会立刻目测他们的腰身。从法科大学毕业后，你想去做裁缝吗？你最喜欢二十岁前后的愚笨年轻人像小狮子一样柔韧的身体了。昨天一整天，你在心里想象了多少这样的年轻人的裸体？你心里准备好了采集箱，就像采集植物标本一样采集并带回了好几个Ephebe的裸体，然后从中选出你日常邪教仪式的活祭品。你会选出一个喜欢的人。来吧，之后的事情就令人震惊了。你将活祭品带到一根奇怪的六角柱旁，然后用事先藏好的绳子将裸体活祭品的双手向后绑在柱子上。你需要他极力地抵抗和叫喊。接下来，你亲切地暗示活祭品他即将死去。整个过程中，你的嘴角不可思议地浮现出天真无邪的微笑，你从口袋中取出锐利的小刀。你接近活祭品，用刀尖轻触侧腹上紧致的皮肤，宛如爱抚。活祭品发出绝望的喊声，扭动身体想要避开刀刃，心跳因为恐惧而加速，赤裸的双腿不住颤抖，膝头频频相撞。小刀狠狠刺入他的侧腹，这当然是你犯下的罪行。活祭品的身子弯成弓形，发出孤独而凄惨的尖叫，腹部被刺穿的肌肉不住痉挛。小刀冷静地埋进肉里，仿佛插入刀鞘中。冒着泡的鲜血如泉涌，流向光滑的大腿。

在这一瞬间，你的欢愉真正有了人情味。因为正是在这一瞬间，你的固恋中的正常才真正属于你自己。无论对象是谁，你从肉体深处发情，正常得和其他男人没有任何区别。你心中充满了原始的烦恼，并开始动摇。在你心里，野蛮人的深刻欢愉开始觉醒。你的眼睛在发光，全身的鲜血在燃烧，充满了野蛮人拥有的种种生命表现。就连在ejaculatio之后，野蛮赞歌的温度依然留在你身体里，男女交合后的悲伤并不会侵袭你。你在放纵的孤独中闪耀，你在古老巨大的河流的记忆中漂荡了许久。是否由于某种巧合，野蛮人的生命里体会到的极尽感动的记忆，占领了你的性功能和快感的每个角落？你想要努力隐藏什么吧？有时，你碰触到了人类的深层欢愉，却不认为爱和精神是必要的。

怎么样？干脆在园子面前公布你与众不同的学位论文吧？那是一篇高深的论文，题目是《关于Ephebe的裸体躯干曲线与血液流量的函数关系》。也就是说，你所选择的裸体躯干生机勃勃，光滑、柔韧而紧实，血液流下时会划出一道最微妙的曲线。鲜血在这样的裸体躯干上流淌，会形成最美的自然纹样——如同漫不经心贯穿原野的小河，如同被砍断的古老大树的木纹。有错吗？

一定没错。

尽管如此，我的自省能力的结构就像将细长的纸片扭转后，再把两端黏在一起的圈一样不可揣摩。原以为是正面，其实是背面。原以为是背面，其实是正面。多年后，我的感情周期变得缓慢，而当我二十一岁时，只是被蒙上了双眼，顺着感情周期的轨道一圈圈旋转而已，由于战争末期带来的紧张末世感，旋转的速度几乎令人头晕目眩。原因、结果、矛盾、对立，都没有时间一一深究。矛盾依然是矛盾，它迅速与我擦肩而过，我甚至没有看清它。

一个小时过去了，我依然只想着怎么给园子写一封巧妙的回信。

……这段时间里,樱花开了。没有人有空赏花。我觉得全东京看樱花的,大概只有我们大学里我们系的学生了。放学回家的路上,我会独自一人,或者和三五好友一起在S池旁边漫步。

樱花看起来分外娇媚。因为到处都没有红白色的幕布来做樱花的衣裳,没有热闹的茶馆、赏花的群众、卖气球和风车的小贩,所以我看着在常绿树的枝叶间尽情绽放的樱花,仿佛在看着裸体的樱花。大自然无偿的奉献、无益的奢侈,从来没有像今年春天这样美得如此妖冶。我产生了一种令人不快的疑惑,难道大自然要再次征服大地吗?今年春天的华美也太非同寻常了。不知为何,油菜花的黄,嫩草的绿,樱花树干水灵灵的黑,压在樱花树梢阴沉沉的花宝盖,在我眼中都带上了恶意的鲜艳。这就是所谓色彩的火灾。

我们一边讨论无聊的法律论点,一边在樱花树和水池之间的草地上漫步。当时,我很喜欢Y教授的国际法课的讽刺效果。在空袭之中,教授兴致勃勃地讲着不知什么时候就会瓦解的国际联盟[1]。我是带着学习麻将或者国际象棋的心态听的。和平!和平!

---

[1] 国际联盟:《凡尔赛条约》签订后组成的国际组织,目的是维护和平,促进国际合作和国际贸易。1920年1月成立,1946年4月解散。

这份始终在遥远的地方回响,宛如铃声的声音,在我心里只能是耳鸣。

"关于物权的索取权这个绝对性的问题……"

乡下学生A说,他是个皮肤黝黑、身材魁梧的男生,却因为严重的肺浸润而没能当兵。

"别说了,真无聊。"

B打断了他的话,他苍白的脸色一看就是肺结核患者。

"天上有敌机,地上有法律……哼……"我哼笑一声,"天上有光荣,地上有和平吗?"

只有我一个人不是真的患有肺病。我假装自己有心脏病。在这个时代,勋章和疾病,必须二选其一。

突然,樱花树下的草坪上传来了凌乱的脚步声,我们停住了脚步。脚步声的主人看到我们,也露出吃惊的表情。那是一名穿着肮脏工作服和木屐的年轻男人。说他年轻,不过是从他战斗帽下面露出的平头的发色看出来的,他肮脏凌乱、没有打理过的胡须,沾满油污的手脚和脏兮兮的脖子,都显示出与年龄无关的凄惨的疲劳。在男人的斜后方,一个年轻女人低着头,似乎在闹别扭。她梳了一个发髻,穿着国防色[1]的衬衫,下身却神奇地穿着时

1　国防色:日本旧陆军军服的颜色,卡其色。

髦的崭新碎白点花纹布劳动裤。这一定是两名征用工在约会。他们似乎是旷工来赏花的。看到我们会惊讶,是因为他们以为我们是宪兵。

这对情侣用厌恶的目光居高临下地看了我们一眼,从旁边走了过去。之后,我们也没什么心情说话了。

在樱花尚未盛开之前,法学部又停课了,派学生去距离S湾数里的海军工厂做学徒。同一时间,母亲带着弟弟妹妹疏散到了郊外的伯父家,那里有一个小小的农场。东京的家里只留下一个老成的初中工读生照顾父亲。没有米的时候,工读生会用研钵磨煮熟的大豆,做成像呕吐物一样的粥让父亲吃,自己也会吃。仅剩的副食品都被他在父亲出门时,趁机大吃一通。

海军工厂的生活很悠闲。我负责管理图书馆和挖洞的工作。我要和台湾的少年工人们一起挖出巨大的横壕,用来疏散零件工厂。这群十二三岁的小恶魔是我最好的朋友。他们教我说闽南话,我给他们讲童话故事。他们坚信神会在空袭中保佑他们,总有一天会将他们平安地送回去。他们的食欲达到了不道德的领域。一个行动敏捷的少年躲过厨师的眼睛,偷来米和蔬菜,用机油做了满满一锅炒饭。我谢绝了这顿带着齿轮味的美餐。

在不到一个月的时间里,我和园子的信件往来渐渐有了变化。在信里，我毫无顾虑地大胆表达我的想法。一天上午，当解除警报的铃声响起，回到工厂时，我读着桌上园子的信，手开始颤抖。我沉浸在微醺的陶醉中，口中不住地重复着信里的一行字。

"……我想念你……"

园子的不在场给了我勇气，距离让我拥有了"正常"的资格。也就是说，我拥有了临时雇用的"正常"。时间与地点的分离将人的存在抽象化。也许多亏了这种抽象化的作用，我对园子一心一意的倾慕，以及与此毫无关联、脱离常规的肉欲，在我心里成为等质的东西并得以合体，让我的存在毫无矛盾地定格在每一刻的时间里。我是自在的，日常生活愉快得无法言说。也有传闻说敌人终将登陆S湾，席卷这一片地区，死亡的希望浮现在我心头，并比以前更加浓厚。在如此境况下，我真正"对人生寄予了希望"！

四月已经过去了一半，在一个周六，我取得了外出留宿的许可，久违地回到了东京的家。我打算从自己的书架中取出几本书带回工厂看，然后去郊外的母亲那里留宿。可是，回程的火车在警报中时停时走，我突然感到一股恶寒。一阵激烈的晕眩后，一股火热的倦怠席卷了我的身体。过往的数次经验告诉我，这是扁桃体发炎的症状。回到家后，我立刻让工读生铺好床躺下了。

过了一会儿，楼下传来喧闹的女声，刺耳地在我发热的额头上回响。有人走上楼梯，在走廊上小跑过来。我微微睁开眼睛，看到了大花纹的和服衣摆。

"怎么回事？你太不争气了吧。"

"什么嘛，这不是茶子吗？"

"你怎么能说'什么嘛'，我们都五年没见了。"

她是我远房亲戚的女儿，名字叫千枝子，在亲戚之间被戏称为"茶子"[1]，比我大五岁。上一次见是在她的婚礼上，听说去年丈夫战死后，她就变得过分开朗，甚至有些古怪。那种开朗会让人觉得实在不用劝她节哀。我吃了一惊，沉默不语，觉得她头上那朵大大的白色假花要是摘掉就好了。

"我今天有事要找阿达。"她提到了我父亲达夫的名字，"我想拜托他帮我疏散行李。前一阵，爸爸还说起在什么地方见到了阿达，说是要给你介绍个好去处呢。"

"我爸今晚似乎要晚些回来。这都不重要。"由于她的嘴唇太红了，我有些不安。大概是因为我在发烧，那抹红色仿佛刺痛了我的眼睛，让我的头痛越发强烈。"不过啊……这种时候你还化着妆出门，不会被人说闲话吗？"

---

1 在日语中，"茶子"和"千枝子"发音相似。

"你已经到了会注意女人化妆的年龄了吗?你这个样子躺在床上,看起来就是个刚断奶的小孩子啊。"

"真啰唆,走开啦!"

她故意凑到我旁边。因为我不想让她看到我穿睡衣的样子,所以把被子提到了脖子下面。突然,她伸手摸了摸我的额头。那股刺骨的冰冷正合时宜,令我感动。

"好烫,量过体温了吗?"

"刚好三十九度。"

"要用冰块哦。"

"哪会有冰块啊?"

"我来想想办法。"

千枝子一边拍着袖子,一边愉快地下楼去了。不久后她又回到楼上,安静地坐下。

"我让那个男孩子去取了。"

"谢谢。"

我看着天花板。她拿起我枕边的书,绢质和服冰凉的袖子碰到了我的脸。我突然很想要那冰凉的袖子。我想拜托她把袖子搭在我的额头上,但最后还是放弃了。房间里暗了下来。

"跑腿的人真慢啊。"

在发着烧的病人心里,对时间的感觉有一种病态的正确性。千枝子提到的"慢",在我心里反而有些太快了。过了两三分钟,她再次开口。

"真慢啊,那孩子在干什么?"

"一点都不慢!"

我神经质地怒吼。

"真可怜,你正在气头上吧。快闭上眼睛,不要用那么吓人的眼神盯着天花板。"

我一闭上眼睛,眼睑就会升温,让我感到痛苦。突然,我感觉额头碰到了什么东西,还有一丝微弱的呼吸打在额头上。我转开额头,发出一声没有意义的喘息。然后,那个呼吸中夹杂着异样的热气凑了上来,突然,我的嘴唇被厚重油腻的东西封住了。牙齿碰撞,发出了声音。我不敢睁开眼睛,这时,一双冰凉的手掌紧紧夹住了我的脸。

终于,千枝子直起身来,我也半撑起身子。我们两人在昏暗中盯着对方。千枝子的姐妹都是淫荡的女人。我清楚地看到同样的血在她的身体里燃烧。然而,在她体内燃烧的东西,与我病态的热度结合出一种难以解释的奇妙亲近感。我彻底直起身子,说了句"再来一次"。在工读生回来之前,我们没完没了地接吻。

"只是接吻哦,只是接吻哦。"她不停地说着。

——我不知道这次接吻中有没有肉欲。不管怎么说,由于第一次的经历本身就是一种毋庸置疑的肉欲,所以也许在这种时候,分辨是没有用的。我想在陶醉中抽取出普遍的观念性要素，结果却无从下手。重要的是，我变成了"知道接吻滋味的男人"。就像心里总想着妹妹的男孩子一样，在别人家里看到好吃的点心时，总会"想让妹妹尝尝"，我在抱着千枝子的过程中一直想着园子。后来，我的心思就都集中在了与园子接吻的幻想中。这是我犯下的第一个，也是最重大的错误。

总之，对于园子的思念让我第一次的经验渐渐变得丑陋。第二天，我接到了千枝子打来的电话，骗她说我明天就要回工厂去了，也没有遵守幽会的约定。于是我闭上眼睛，不让自己相信这种不自然的冷淡，来源于第一次接吻时并没有感受到快感的事实，却深信我正是出于对园子的爱，才在心里丑化了这次经历。这是我第一次把对园子的爱当成借口。

就像初恋中的少男少女那样，我和园子会交换照片。园子寄来的信中说，她把我的照片装进了项链坠里挂在胸前。可是园子寄来的照片太大，只能装进折叠式皮包里。上衣内袋放不下她的照片，于是我用包袱皮包着照片随身携带。考虑到工厂可能会在我离开时着火，于是我回家时也带上了那张照片。有一次，我在返回工厂的夜行火车上突然听到警报，灯都灭了，随后全体疏散避难。我伸手在行李架上摸索。装着照片的包袱皮放在大包里，被人偷走了。我是个迷信的人，从那天开始，不安始终追赶着我——我必须早点去见她。

五月二十四日晚上发生的空袭让我下定了决心，就像三月九日半夜的空袭一样。恐怕我和园子之间需要这诸多不幸释放出的瘴气般的东西,就像某种化合物需要硫酸作为媒介才能合成一样。

我们藏在旷野和丘陵相接处的横壕中,看着东京的天空被烧成了一片鲜红。神奇的是,有时爆炸的光芒会投射在天空中,云层间隐约能看到蓝得惊人的白昼天空,那是出现在深夜中的片刻蓝天。无力的探照灯简直就像在迎接敌机的指示灯一样,淡淡的光线交叉呈十字,里面时不时地映出敌机尾翼的光芒。探照灯传递着由光线组成的接力棒,敌机越来越靠近东京,如同在完成殷勤的诱导工作。

最近,高射炮的炮击也是稀稀拉拉的,B29[1]轻轻松松地到达了东京上空。

从这里看去,究竟能不能分清正在东京上空进行空战的敌我双方呢?围观的人们也不管是敌是友,只要在鲜红的天空背景上看到了被击落的机影,就会齐声喝彩。那群少年工尤其吵闹。横壕里到处回响起鼓掌和喝彩声,仿佛身处剧场之中。我想,对我们这些隔岸观火的人来说,坠落的飞机是敌是友,本质上都不会

---

[1] B29:二战中美国使用的轰炸机,由波音公司研制,是当时最大型的飞机,主要用于对日作战。

有太大的区别。战争就是这么回事。

——第二天早上,我踩着还在冒烟的枕木,穿过由半烧焦的细木板铺成的铁桥,沿着私营铁轨走回了家,发现只有我家附近没有被大火波及。母亲和弟弟妹妹昨晚碰巧住在这里,因为昨晚的火光,几个人现在反而越发充满活力。为了庆祝幸免于难,大家挖出埋在地里的羊羹罐头分着吃掉了。

"哥哥,你被谁迷住了吧?"

我一进房间,妹妹这个十七岁的疯丫头就说。

"这话是谁说的?"

"我都明白哦。"

"我不能喜欢别人吗?"

"不是。什么时候结婚啊?"

我吃了一惊,心情就像一个通缉犯听到一无所知的人偶然问起跟犯罪有关的事情一样。

"我不会结婚的。"

"真不道德。一开始就没打算结婚,还喜欢人家吗?真讨厌,男人没一个好东西。"

"快点逃,不然我要丢墨水瓶了。"

——剩下我独自一人时,我在口中反复念叨着:"对啊,结婚这种事在这个世界上是可能的,还有生孩子也是。我怎么会忘了呢?至少是装作忘记了吧。只是因为战争在激化,我才会产生错觉，仿佛结婚这种简单的幸福也不可能实现了。实际上，或许结婚对我来说是某种极为重大的幸福，重大到令人毛骨悚然……"这样的想法促使我下定决心，一定要在这一两天内见到园子。这就是爱吗？或者说，这就像一份不安藏在我们心中，会以奇怪的热情形态出现，也就是"对不安的好奇心"吧？

园子和她的祖母、母亲给我写了好几封信，邀请我去他们家里玩。我在给园子的信里写着，我在她伯母家借住的话会有些过意不去，让她帮我找一家酒店。她一家一家地查看了某村的酒店。要么是官厅的分部，要么里面在软禁德国人，没有一家可以住。

酒店——我又开始幻想。它可以实现我从少年时代开始的幻想。同样是受到了我爱读的爱情小说的坏影响。说起来，我思考问题的方法中有着堂吉诃德[1]式的特点。在堂吉诃德时代，有不少人沉迷于骑士故事。但是，要想彻底受到骑士故事的荼毒，就必须是一个堂吉诃德那样的人。我的情况与他别无二致。

酒店、密室、钥匙、窗帘、温柔的抵抗、彼此同意战斗开

---

[1] 堂吉诃德：西班牙作家塞万提斯的长篇小说中的主人公，是一个无视现实，沉浸在自己的幻想中，并且付诸行动的人物。

始……只有在那时，只有在那时，我才是可能的。我的正常应该会如同与生俱来的灵感般熊熊燃烧。仿佛被人附身一样，我转生成为另一个人，一个彻底的男人。只有在那时，我才能毫无顾忌地抱住园子，才能用我全部的能力爱她。疑惑和不安被消除殆尽，我能够打从心底说出"我爱你"。从那一天开始，我应该就能在空袭下的大街上，边走边大声怒吼"这是我的恋人"了。

在爱幻想的性格中，盛行着对精神作用微妙的不信任，这往往会导向梦想这样不道德的行为。梦想并非人们认为的精神作用，反而是对精神的逃避。

——然而酒店的梦，连实现的前提都没有。园子在寄给我的信里反复强调，某村的酒店终究还是全都不能住，所以让我住在她家里。我在回信中同意了。一种近似于疲劳的安心抓住了我，就连我，也不打算将这份安心曲解成放弃。

六月十二日，我出发了。海军工厂中，所有人的情绪都渐渐变得消极，无论什么样的借口都能请到假。

火车上脏兮兮的，而且车里很空。为什么我对战时火车的回忆（除去那唯一愉快的一次）都如此悲惨呢？这一次，我在火车里摇晃时，再一次被孩子气的、悲惨的固恋折磨着，即在我与园子接吻前，绝不离开某村。然而，这种想法与人们和自己的畏缩不前战斗时充满骄傲的决心并非同类。我感觉自己是去偷盗的。就像被头目逼着而不情不愿去偷盗的胆小部下一样。被爱的幸福刺痛了我的良心。或许我追求的是更加决定性的不幸。

园子把我介绍给了她的伯母。我装模作样，拼尽全力。我感觉大家都在沉默中进行这样的对话："园子怎么会喜欢上这样的男人？多么软弱无力的大学生啊？这种男人究竟哪里好了？"

由于我想给众人留下好印象，这种值得嘉奖的意识，让我并没有采取曾经在火车上做出的排他性行动。我辅导园子小妹妹学习英语，在祖母讲述柏林的回忆时努力配合。奇怪的是，这样反而让我觉得自己与园子更亲近了。我在她的祖母和母亲面前，多次大胆地与她挤眉弄眼。吃饭时，我们的腿会在桌子下相互接触。她也渐渐迷上了这种游戏，当我对祖母的长谈感到无聊时，她就会靠在可以看到阴雨蒙蒙的天空和绿叶的窗边，在祖母身后用指尖捏起胸前的吊坠上下摇晃，仿佛只为了让我看到似的。

半月形的领子上方，露出她白皙的胸脯。白得刺目！当她摆弄吊坠时，微笑中仿佛带上了染红朱丽叶脸颊的"淫荡的鲜血"。那是只适合处女的淫荡。与成熟女人的淫荡截然不同，像微风一样醉人。那是某种可爱的恶趣味，和喜欢挠婴儿痒痒同属一类。

在这个瞬间，我的心突然沉醉在幸福中。长久以来，我始终未曾接近幸福这个禁断的果实。而如今，它正带着悲伤的执拗诱惑我。我感到，园子就像深渊。

时间就这样过去了，两天后，我就必须回到海军工厂了。我尚未完成加诸自己身上的接吻的任务。

雨季稀薄的雨点包围了整个高原地区。我借来一辆自行车，去邮局送信。那时，园子翘掉了下午在官厅分室的班——这份工作是她为了逃避征用才找的——正准备回家，于是我们约好在邮局会合。生锈的铁丝网被蒙蒙细雨淋湿，里面的网球场空无一人，看起来很荒凉。一个德国少年骑着自行车与我擦肩而过，被雨淋湿的金发和白皙的手闪闪发光。

我在古色古香的邮局里等了几分钟，室外隐约变亮了。雨停了。这是短暂的天晴，是故弄玄虚的暂晴。云并未散去，散发出白金色的光芒。

园子的自行车停在玻璃门外。她的胸脯上下起伏，潮湿的肩膀在呼吸，不过健康的红脸蛋上带着笑。"就是现在，快上！"我感到自己仿佛是受到了怂恿的猎犬。这种义务观念仿佛是恶魔的命令。我跳上自行车，和园子并肩在某村的主街上骑行。

我们穿过冷杉、枫树和白桦林，枝叶间有明亮的雨滴落下。她的长发在风中飘扬，很美，健壮的腿踩着踏板，看起来令人心情舒畅。她看起来就像是生命本身。穿过废弃的高尔夫球场入口后，我们从自行车上下来，沿着潮湿的小路绕着高尔夫球场散步。

我紧张得就像一名新兵。那边有树丛，那边的阴凉处正合适。距离那边还剩大约五十步。我要在二十步之内和她说点什么，必须缓解紧张的情绪。剩下的三十步里，说些模棱两可的话就好。五十步，要在那里放下自行车脚撑，然后看看山景，把手搭在她肩上，小声说些"能够像现在这样，就像在做梦啊"之类的话。于是，她会回答几句孩子气的话。我搭在她肩膀上的手再使劲把她的身体转到自己面前。接吻的要领和与千枝子接吻时没有区别。

我向导演发誓忠诚。这里没有爱，也没有欲望。

园子依偎在我的怀中。呼吸急促，脸像火一样红，睫毛紧紧地合上了。她的嘴唇青涩而甜美，却依然无法唤起我的欲望。可是，我每时每刻都在期待。或许在接吻中，我的正常，我不带任何虚伪的爱情就会出现。机器向前猛冲，任何人都无法阻止它。

我的嘴唇覆上了她的。一秒钟过去了，毫无快感。两秒钟过去了，一样。三秒钟过去了。——我明白了一切。

我直起身子，在那一瞬间，用悲伤的眼神看着园子。若是她在当时看到我的眼神，应该会将它当成难以言喻的爱的表示。没有人能断言那种爱是否存在于人的身上。可是，她被羞耻和纯洁的满足击倒，像人偶一样垂下了目光。

我没有说话，像对待病人一样挽起她的胳膊，带着她向自行车走去。

我必须逃，必须尽快逃。我很焦虑。为了不让别人看到我的无精打采，我装出比平时更开朗的样子。吃晚饭时，谁都能看出园子茫然若失的状态，而我幸福的表情和她的状态完全契合，成为明显的暗示，结果反而对我不利。

园子看起来比平时更水灵。她的容貌原本就有与故事中的人物相似的地方，现在则完全展现出故事里才会出现的恋爱中少女的模样。我看着她天真无邪的少女心，无论再怎么装出开朗的样子，都会因为太过清楚自己没有资格拥抱如此美丽的灵魂，而连话都说不顺畅。所以她母亲的话中流露出对我身体的关心。接下来，园子凭借她可爱的聪慧看透了一切，为了给我打气，再次晃了晃吊坠，暗示我"不用担心"。我不由得微笑起来。

大人们看着我们之间交换的旁若无人的微笑，纷纷露出半是惊讶半是疑惑的表情。一想到这些大人是在我们的未来中看到了什么才会露出这样的表情，我就会再次感到毛骨悚然。

第二天，我们又来到了高尔夫球场的同一个地方。我找到了昨天我们留下的纪念品，被践踏过的黄色野菊花丛。今天，草已经干了。

习惯这东西真的很可怕。接吻明明在事后让我如此痛苦，我却又犯了。不过，这次是把她当成妹妹一样的接吻，于是这个吻反而散发出了违反人伦的味道。

"下次什么时候能再见面呢?"她说。

"不知道,只要美军不在我所在的地方登陆,"我回答,"那么再过一个月左右,我就能请假了。"我期待着。不仅仅是期待,甚至是迷信一般地确信。确信在这一个月内,美军会在S湾登陆,我们会被赶去做学生军,然后一个不剩地战死沙场。要不然,就是会出现没人想象过的巨大炸弹,无论我在哪里都会被杀死。——我这算是碰巧预测到了原子弹吗?

然后,我们走向沐浴在阳光下的斜坡。两棵白桦树像一对温柔的姐妹,在斜坡上投下阴影。低着头走路的园子开了口:"下次见面时,你会给我带什么样的礼物呢?"

"说起我现在能带来的礼物,"我迫不得已,只能装糊涂,"只有破损的飞机,或者沾满泥泞的铲子哦。"

"我不是说有形的物品。"

"那是什么呢?"我装作越来越糊涂的样子,却被逼上了绝境,"真是个难题,我会在回程的火车上好好想想的。"

"嗯,要好好想哦。"她的声音中带着非同一般的威严和冷静,"你要带礼物来哦,这是约定!"

因为园子强调了"约定"这两个字,我不得不顺势表现出虚张声势的开朗,以此来保护自己。

"好,拉钩吧。"我大度地说。于是我们拉了钩,然而小时候的恐惧突然在我内心苏醒了。那是老话曾经在孩子心里留下的恐惧,拉了钩之后,如果违约的话,手指就会腐烂。园子口中的礼物不言自明,就是"求婚",所以我的恐惧也是有原因的。我的恐惧,与夜里不敢一个人去上厕所的孩子,对周围一切感到的恐惧,如出一辙。

那天晚上睡觉前,园子用我卧室门口的帐子半卷到身上,撒娇似的求我再留一天。当时,我只能躺在床上,用惊讶的眼神看她。自认为准确的第一项计算失算后,一切都崩塌了,我不知道该如何判断自己看着园子时的感情。

"你无论如何都要回去吗?"

"嗯,无论如何。"

我的回答中反而带着欣喜。虚伪的机器重新开始了肤浅的运转。这种欣喜明明只是逃避恐惧的欣喜,我却将它解释为这是因为我获取了新权利,能让她感到焦急,是这种优越感带来了欣喜。

自我欺骗至今依然是我的救命稻草。对受伤的人来说,用来应急的绷带不一定非要是干净的。我想先靠用习惯了的自我欺骗止血,然后再奔向医院。我擅自将那座懒散的工厂想象成了严格的兵营,如果明天早上不回去,就会被关重禁闭的兵营。

出发那天早晨，我一直在盯着园子，就像旅行者看着即将离开的风景。

我明白，一切都结束了。明明我周围的人们都以为一切才刚刚开始，明明我自己也希望能委身于周围温柔的警惕气氛中，以此来欺骗自己。

尽管如此，园子安静的样子依然令我感到不安。她帮我收拾包裹，在房间里四处查看有没有遗漏。过了一会儿，她站在窗边眺望窗外，一动不动。今天依然是阴天，早晨，只有嫩叶的绿色格外醒目。有松鼠跑了过去，摇晃着树枝，却看不见它的身影。园子的背影充满了"等待的意味"，安静却天真。我是个很认真的人，无法放下带着如此意味的背影独自离开房间，就像无法放着敞开的书架不管走出房间一样。我走了过去，从背后抱住园子。

"你一定会再来的吧？"

她用轻松而确信的语气问。在我听来，这份信任的对象与其说是我，不如说是根植于越过我的某些更深层的东西。园子的肩膀没有颤抖，带蕾丝装饰的胸口起伏着。

"嗯，大概吧，如果我活着的话。"

——说出这种话的自己让我想吐。要说为什么，这是因为以我的年龄，应该会更想说下面这番话才对。

"会来！我会排除万难来见你的。你放心等着我，你是要嫁给我的人啊。"

我对事物的感受方式和思考方式中，处处都会展现出这样稀奇的矛盾。我采取了"嗯，大概吧"这种含含糊糊的态度，不是我性格的罪过，而是比性格更深层的某种东西捣的鬼。也就是说，正因为我清楚地知道不是我的错，所以对于多少需要我负责的部分，经常会抱有一种近乎滑稽般健全的常识性的训诫。从少年时代开始，我一直在锻炼自己，让自己死也不能做优柔寡断的人、没有男子气概的人、不知道爱为何物却只想要被爱的人。对需要我负责的部分来说，这确实是可能遵守的。而对于不是我的错的部分来说，从一开始就是不可能完成的要求。就算拥有参孙[1]那样的力量，在如今的情况下，面对园子，应该也不可能采取充满男子汉气概的明确态度。因此，现在园子眼中看到的那个符合我性格的优柔寡断的男人，激起了我对自己的厌恶，让我觉得自己毫无存在价值，我的自负也被搅得乱七八糟。我甚至不再相信自己的意志和性格，至少让我不得不认为关于意志的部分是假的。但同样是这种以意志为重的思考方式，又是一种接近梦想的夸张。就算是正常人，也不可能只凭意志行动。即使我是正常

1　参孙：《旧约》中的人物，犹太人的领袖，拥有天生神力的战士。

人，我和园子能过上幸福婚姻生活的条件也不可能全部具备，这样看来，就算是正常的我或许也会回答"嗯，大概吧"。我已经养成了习惯，就连这么简单易懂的假设，都要故意视而不见。简直就像不愿错过任何一个折磨自己的机会似的。——这是无处可逃的人，在将自己逼进自以为不幸的安居之地时的惯用手法。

园子平静地开口。

"没事的，你会毫发无损的。我每天晚上都会向神明祈祷，我的祈祷至今为止一直很有效哦。"

"你很虔诚嘛。大概是因为这样吧，你看起来特别安心，安心得可怕。"

"为什么？"

她睁大了乌黑伶俐的眼睛。看到她没有一丝怀疑，却带着疑问的纯洁目光，我心乱如麻，无法回答。她看起来在安心之中沉睡，我心中升起一股想摇醒她的冲动，可是园子的眼睛反而把我心中沉睡的某种东西摇醒了。

——准备去上学的妹妹们来打招呼。

"再见。"

小妹妹想和我握手，然后用手指迅速在我手心中挠了两下，就逃到屋外高高地举起了带金色扣子的红色饭盒袋，稀薄的阳光正好透过枝叶洒在她身上。

由于园子的祖母和母亲也来为我送行，所以车站的告别变得漫不经心，天真无邪。我们相互间开着玩笑，假装什么事都没有发生。火车终于来了，我坐在靠窗的座位上，心里只是盼着火车赶紧开动。

就在这时，一个开朗的声音从意想不到的方向传来。那正是园子的声音。之前已经听惯了的声音，变成从远方传来的新鲜的呼唤，让我吓了一跳。那毫无疑问正是园子的声音，这个意识如同清晨的阳光一般射入我的心里。我看向声音传来的方向。她钻过车站工作人员使用的出入口，抓着站台边烧焦的木栅栏。格子花纹的短上衣上装饰着大量蕾丝，在风中轻轻飘扬。她睁大眼睛，朝气蓬勃地看着我。列车开动了。园子凝重的嘴唇保持着欲言又止的形状，从我的视线中离去了。

园子！园子！列车每摇晃一下，她的名字就会在我的心中浮现一次，仿佛是无法言喻的神秘称呼。园子！园子！每一次重复她的名字，我就会深受打击。随着我不断重复她的名字，尖锐的疲劳如同惩罚一样逐渐加深。即使我想对自己解释这种透明的痛苦的性质，但它依然是一个史无前例的难题。因为它与人们应有的感情轨道实在相距太远，所以我甚至很难感受到它是痛苦的。打个比方，这就像在明亮的正午等待午炮响起的人，时间过去后依然没有听见午炮，继而想要在蓝天的某处寻找午炮沉默时的痛苦。那是一种可怕的疑惑，因为全世界只有他一个人知道，午炮没有在正午时分准时响起。

"已经完了。已经完了。"我喃喃自语,就像胆小怕事的考生分数不及格时的叹息。失败了。结束了。把那个x剩下,所以错了。要是先从那个x开始解决,就不会变成这样了。要是我能按照自己的风格,用和大家一样的演绎法[1]来解人生这道数学题就好了。我那半瓶子水的小聪明是最糟糕的。只有我一个人用了归纳法[2],真是失策。

由于我过于心慌意乱,坐在前面的两名乘客怀疑地看着我的神色。她们一个穿着深蓝色制服,是红十字会的护士,还有一名贫弱的农妇,看起来像是她的母亲。我注意到她们的视线,看了看护士的脸,结果这个像酸浆果一样的胖姑娘满脸通红,为了掩饰害羞开始向母亲撒娇。

"嗯,我肚子饿了。"

"时间还早呀。"

"但是我饿了嘛,好嘛好嘛。"

"真不懂事!"

——母亲最终还是败下阵来,拿出了盒饭。那些饭菜的味

---

1 演绎法:由一般到特殊的推理方法,能推论出前提与结论之间存在必然联系。
2 归纳法:由个别到一般的推理方法,与演绎法相反。由个例推导出一般原理、原则。

道甚至比我们在工厂吃的饭更糟糕。米饭里配上了两块腌萝卜，剩下的全都是红薯，护士大口大口地吃了起来。人要吃饭这种习惯从来没有像现在这样，看起来如此没有意义，于是我揉了揉眼睛。不久后我弄明白了，会有这种看法，是因为我彻底失去了生存的欲望。

那天晚上，回到郊外的家里安顿下来后，我有生以来第一次认真考虑起自杀来。想着想着，我觉得太麻烦了，回过神来又觉得这是件滑稽的事情。我天生就缺乏对失败的兴趣。而且，我周围众多的死亡简直就像秋天的大丰收，死于战祸、殉职、战死、碾死、病死，我觉得自己的名字不可能没有预先写在其中的任意一项中。被处以死刑的囚犯是不会自杀的。无论怎么想，现在都不是适合自杀的季节。我在等着某种东西来把我杀死。然而，这与等着某种东西让我活下去是一样的。

回到工厂后，过了两天，我收到园子充满热情的信。那是真正的爱情。我感到嫉妒，就像人工养殖的珍珠看到天然的珍珠时，会感受到的那种无法忍受的嫉妒。尽管如此，这个世界中会有男人在爱着自己的女人身上，因为那份爱而感到嫉妒吗？

……园子与我分别后，骑自行车去上班。结果因为神情太恍惚，连同事们都问她是不是不舒服。她好几次弄错了文件。中午，她回家吃了饭，重新回去上班时，顺路绕到了高尔夫球场。

她看到黄色野菊花丛还保持着被踩过的样子，然后看着火山的地表随着雾气散去，渐渐展现出明亮的暗红色光泽，看着阴沉的雾气再次从山谷中升起，看着那两棵温柔姐妹般的白桦树树叶微微颤抖，仿佛是某种微弱的预感。

就在同一时刻，我正在火车里绞尽脑汁，思考要如何从我亲手在园子心里栽下的爱中逃离！……然而，我也往往会在一个瞬间，委身于或许是最接近真实的可爱借口中，从而感到安心。那个借口就是：正因为我爱她，所以必须从她身边逃离。

从那以后，我给园子写了好几封信，每次都会用完全没有进展却看不出冷淡的语气。不到一个月，我接到通知，和草野的第二次会面获得了许可，他的家人又会来东京近郊的部队里与他会面。软弱催我到那里去。不可思议的是，我明明下定决心要逃离园子，却又无法控制自己想去见她。见到她后，我在从未改变的她面前，看到了彻底改变的自己。我无法对她说出一句玩笑话。从我的变化中，无论是她，还是她的兄长和祖母，甚至连她的母亲都只看到了谨慎和正直。草野用一如既往的温柔目光对我说的一句话，让我浑身发抖。

"最近，你会收到一封有些重要的通告哦。你期待一下吧。"

——一周后，我休假时回到母亲那里，草野说的信到了。稚拙的字很像他，表现出货真价实的友情。

……园子的事，我们全家都是认真的。我被任命为全权大使了。这件事很简单，不过我还是想听听你的想法。

大家都信任你，园子更不用说，甚至于我母亲好像已经开始考虑什么时候办婚礼了。婚礼的事情暂且不提，不过我想现在把订婚提上日程应该不算太早吧。

这些都是我们家没有根据的推测。总之，我还是想问问你的想法。两家之间的商议，也全都想在这之后再说。不过虽说如此，我并没有打算束缚住你的意志。要是能听到你的真心话，我也就安心了。就算你的答案是"No"，我也绝不会怨你，不会生气，这事也不会影响到我们之间的友情。如果你的回答是"Yes"，我当然会非常开心，但就算是"No"我也不会受伤。希望你凭借自由的意志，给出坦率的答复。我等你的回信，以挚友的身份。

……我颇感愕然，环顾四周，生怕自己读信的样子被别人看到。

我意想不到的事情发生了。我没有算到，那家人和我对战争的感受和想法截然不同。我是一个刚满二十一岁的学生，在飞机工厂劳动，而且成长于接连不断的战争之中，将战争的力量想得太富有传奇性了。尽管身处于一场激战后的悲惨结局之中，但是人们生活的磁针依然坚持指着同一个方向。就连我此前不也是一直在恋爱的吗？为什么竟然没有注意到呢？我露出古怪的浅笑，重新读起了信。

于是，一种常见的优越感开始撩拨我的心。我是胜利者。在客观层面上，我是幸福的，没有人能指责我。既然如此，我也应该有侮蔑幸福的权利。

明明心中充满了不安和难以忍受的悲伤，我却在嘴角贴上了狂妄而讽刺的微笑。我觉得只需要跳过一条小小的沟壑就可以了，只要把之前那几个月全都当作胡闹就行了。只要想着，像园子这样的小姑娘，我从一开始就没爱过就可以了。就当作我只是稍稍受到了欲望的驱使（骗子！），想要骗她而已就好。我怎么会拒绝呢，只是接吻，又不用负责任。

"我才不爱园子那丫头呢！"

这个结论让我欣喜若狂。

这是绝好的事情。我成了明明不爱却要诱惑一个女人，在对方燃起爱火时头也不回地抛弃她的男人。这样的我与规规矩矩、道德感极强的好学生相去甚远。尽管如此，我却不该不知道，不会有尚未达目的就抛弃女人的色魔的。……我对此视而不见。

我就像一个顽固的中年妇女，习惯于把所有不中听的话当成耳旁风。

接下来只需要做些妨碍这段婚姻的事情就好了，就像阻止情敌结婚一样。

我打开窗户呼唤母亲。

夏日的骄阳洒满了宽广的菜园。西红柿和茄子田里，干燥的绿色带着刺，抬起头抗拒地朝向太阳的方向。太阳在那结实的叶脉上涂了一层煮得烂熟的光线。植物阴暗的充沛生命力，在菜园望不到边的光辉下被压得喘不过气来。远处，神社的小树林表情阴沉地望向这边。神社后面看不见的低地上，时不时会传来柔和的震动，那是郊外的火车正在驶过。每当火车轻佻地压过集电杆离去后，就能看到电线的光在懒洋洋地晃动。以厚重的夏日云彩为背景，光线仿佛意味深长，又仿佛没有任何意义地摇晃片刻。

在菜园的正中央，一顶带着蓝色蝴蝶结的大草帽升了起来。是母亲。舅舅——母亲的哥哥——的草帽没有回头，就像无精打采的向日葵一样纹丝不动。

住在这里后，母亲稍稍被晒黑了一些，从远处看，她洁白的牙齿十分醒目。等她走到能听见我说话的地方之后，就用孩子气的尖细声音喊了起来：

"怎么了，有事的话你自己过来啊。"

"有很重要的事情。你过来一下嘛。"

母亲似乎有些不服气，慢吞吞地走到我身边，手上的篮子里装满了熟透的西红柿。她把装西红柿的篮子放在窗台上，问我有什么事。

我没有给她看信，只是简单扼要地说了信里的内容。说着说着，我变得不明白为什么要叫母亲过来了。难道我不是为了让自己接受才这般喋喋不休的吗？父亲的性格神经质，又爱挑剔，成为一家人后，我的妻子一定会受苦；再说了，我现在还没打算成家；我们这样古板的家庭，和园子家那种活泼开放的家庭在家风上就不合适；我自己也不想这么早娶妻，让自己辛苦……我表情平静地罗列了各种稀松平常的不利条件。我希望得到母亲顽固的反对。然而母亲是个温和宽容的人。

"我总觉得有些奇怪啊。"母亲似乎没怎么深思就开了口，"那么，你究竟是怎么想的？是喜欢？还是讨厌？"

"这个嘛，我也是，那个，"我结结巴巴地说，"不是那么认真的。我是带着玩玩的心态，结果对方认真了，真是为难啊。"

"既然如此不就没问题了吗？早点说清楚对双方都好，反正这封信只是试探。在回信里说清楚就好……我要走了，没事了吧？"

"嗯。"

我轻轻叹了一口气。母亲走到玉米围成的栅栏门那里，又迈着小碎步回到了我所在的窗前。她的表情和刚才有些不同。

"我问你,刚才那件事,"母亲用看一个陌生人,就像女人看着一个不认识的男人的眼神看着我,"……就是园子啊,你,难道……已经……"

"瞎说什么呢,母亲你真是的。"我笑出了声。我觉得有生以来从未笑得如此难受过,"你觉得我会做那种蠢事吗?我那么不值得信任吗?"

"我相信你的,就是想问清楚。"母亲又露出开朗的表情,不好意思地否认了我的问题,"做母亲的嘛,活着就是为了担心这种事情。没关系,我相信你。"

——当天晚上,我写了一封委婉的拒绝信,连我自己都觉得不自然。我写道,事情太突然,现阶段还没有更进一步的想法。第二天早晨,我在回工厂的路上去邮局寄信,负责快件的女人怀疑地看着我颤抖的手。我盯着她用脏手粗鲁地在那封信上机械式地盖下邮戳。我的不幸被机械式地处理,这让我感到欣慰。

空袭目标转移到了中小城市,我们似乎暂且脱离了生命危险。投降的说法开始在学生中流传。年轻的副教授表达了带有暗示性的意见,试图收揽人心。他说出十分刻意的见解时,鼻翼满足地张开,每见此状,我便在心里说:"我才不上你的当呢。"另一方面,我对事到如今依然相信日本会胜利的狂信者们也会报以白眼。战争的胜负对我来说都无所谓。我只想彻底改变。

我发起了原因不明的高烧，于是被送回了郊外的家。我因为发烧而头晕目眩，一边盯着天花板，一边在心里反复念叨园子的名字，就像在吟诵经文。等到我终于能起床的时候，听到了广岛毁灭的新闻。

这是最后的机会。人们都在传下一次就轮到东京了。我穿着白衬衫和白短裤，在街上游荡。如今已经到了自暴自弃的时候，路上的人们表情开朗。时间一分一秒地过去，什么事都没有发生。如今，就像一个膨胀的气球随时都可能爆开，看着压力一点点增大，人们都激动不已。然而时间一分一秒地过去，什么事都没有发生。这样的日子如果超过十天，人们肯定会发疯。

一天，一架飞机潇洒地躲过高射炮发射的间隙，从夏季的天空中撒下传单。上面写着投降书的消息。那天傍晚，父亲从公司直接来到我们在郊外的暂住地。

"喂，那传单上写的是真的。"

他走进庭院，刚在走廊上坐下就开了口。然后把写着前因后果的英文原文复印件拿给我看。

我接过复印件，还没顾得上浏览就了解了事实。并非战败的事实，而是对我来说，只对我一个人来说，可怕的日常就要开始的事实。事实就是，哪怕只听到那个名字，就会让我浑身颤抖，而且我一直在欺骗自己它不会来，可是从明天开始，属于人的"日常生活"就要降临在我身上。

第四章

出乎意料的是,我一直在恐惧的日常生活迟迟没有开始的迹象。这是一种内乱,甚至到了比起战争,更让人无法去考虑"明天"的程度。

借给我大学校服的学长从军队回来了,所以我把校服还给了他。于是,我暂时陷入了一种错觉,仿佛自己已经从回忆之中,甚至从过去之中获得了自由。

妹妹死了。我知道了自己也是会流泪的人,于是获得了浅薄的安心感。园子和某个男人相亲后订婚了。我妹妹死后不久,她就结婚了。可以说这是放下了肩头的重担的感觉吗?我庆祝给自己看。我自负地认为这是理所当然的结果,不是她抛弃了我,而是我抛弃了她。

长久以来,我一直有个坏习惯,会将宿命强加于我的事情,附会为我自身的意志,或者是理性的胜利,甚至达到了一种近乎疯狂的自大。我称之为理性的东西,特质上有一种不正当的感觉,仿佛是心血来潮的偶然将他推上了王位,散发着冒牌僭主的感觉。这位像驴子一样的僭主甚至无法预知,愚蠢的专制终将迎来复仇的结果。

接下来的一年里,我带着模模糊糊的乐观心态度过了。走过场的法律学习,机械式的上学,机械式的回家……我对一切事物充耳不闻,一切事物同样对我充耳不闻。我学会了年轻僧侣脸上那种长于世故的微笑。我感觉不到自己是活着还是死了。我似乎已经忘记,天然自然的自杀——在战争中死去——的希望已经断绝。

真正的痛苦只会渐渐出现。就像肺结核一样,当出现自觉症状时,病情已经恶化到了非同小可的阶段。

一天,我站在书店的架子前——这时书店已经在不断上新书了——取出一本简装版的译作。那是法国某位作家啰唆的随笔集。突然,我的目光被随手翻开的一页吸引了。不过,我按捺住不快的不安,合起书放回了书架上。

第二天早晨,我突然想起这件事,上学时顺路来到大学正门附近的那家书店,买下了昨天看到的书。民法课开始后,我偷偷取出那本书,放在打开的笔记本旁边寻找昨天看到的那行字。那行字带来的不安与昨天相比越发鲜明。

……女人得到的力量,只取决于她能在多大程度上惩罚恋人。

在大学,我有一个亲密的朋友。他是一家老字号点心店老板的儿子。乍一看是无趣的勤奋学生,不过他透露出的对人及人生不屑一顾的感想,以及和我极为相似的脆弱体格,让我产生了共鸣。我出于自我防御和虚张声势的目的,和他一样采取了类似于犬儒派[1]的态度,而他与我完全不同,仿佛有着更稳固的自信根基。我曾经思考过,他的自信从何而来?不久后,他看穿了我是处男,带着具有压迫感的自嘲和优越感,坦白了自己出入花街柳巷的事情,还邀请我一起去。

"想去的话就给我打电话,我随时奉陪。"

"嗯,想去的话我会告诉你的。大概……就快了,我很快就会下定决心了。"

我回答道。他不好意思地抽了抽鼻子,好像完全看穿了我的心理状态。看他的表情,应该是想到了与我身处同一状态时的自己,羞耻的心情反过来影响了他。我感到焦躁。这是意料之中的焦躁,我希望他眼中映出的我的状态,能和我实际的状态重合。

所谓洁癖,是欲望命令下的一种任性。我原本的欲望是隐秘的,甚至不允许这种直截了当的任性存在。然而另一方面,我幻想中的欲望——也就是对女人单纯而抽象的好奇心——大概被赋予了冷淡的自由,甚至没有任性存在的余地。好奇心中不存在道德。或许那是人类能够拥有的最不道德的欲望。

我开始进行凄惨的秘密训练。盯着裸女的照片尝试激发出自

---

1 犬儒派:希腊哲学的一个派别,以无为和自然为生活的理想,为此而蔑视社会习惯和文化生活。引申为蔑视现有社会,玩世不恭的人。

己的欲望。——我的欲望一声不响，没有做出任何回应，这是我早就清楚的事情。当我进行惯例的"恶习"时，先尝试着让自己脑海中不要浮现出任何欢愉，再想象女人最淫荡的姿势。有时仿佛已经成功，然而这种成功中有着令我心碎的空虚。

我决定听天由命。我给他打了电话，让他周日下午五点在咖啡馆等我。那是战争结束后第二个正月中旬。

"你终于下定决心了吗？"他在电话那头咯咯笑着，"好，走吧。我一定会去的，你可不能爽约啊。"

——笑声还在我耳边回响。我明白，为了对抗它，我只能露出没有人注意到的如同抽搐一般的微笑。尽管如此，我依然心存一丝希望，或者该说是迷信。那是危险的迷信，是只有虚荣心才会冒的险。我有的是一种老套的虚荣心，不希望别人发现我到了二十三岁依然是处男。

如今回想起来，我下定决心的日子正是我的生日。

——我们都带着试探的表情看着对方，他知道，今天无论是带着一本正经的表情还是嬉皮笑脸，看起来都同样滑稽，他表情暧昧的嘴角屡屡吐出香烟的雾气，然后偶尔会发表几句可有可无的意见，比如这家店的点心不好吃之类，我没怎么仔细听。我对他说："你也做好心理准备了吧？第一次带我到那种地方去的家伙，要么成为我一生的挚友，要么成为我一生的敌人。"

"不要吓我啊。如你所见，我很胆小的。一生的敌人什么的，我哪配啊。"

"你这么有自知之明，真让我佩服。"我故意用蛮横的语气说。

"对了，"他挂上了一副司仪的表情说，"得先去哪里喝一杯才行，不喝酒的话，对第一次来的人有些困难。"

"不，我不想喝，"我感觉脸上有些发冷，"我绝对不要喝了酒再去，这点胆子我还是有的。"

接下来，我们坐上昏暗的都营电车，换乘昏暗的私营地铁，经过陌生的车站和街道，来到城市的一角。那里有一排寒酸的棚屋，女人们的脸在紫色和红色的灯下仿佛是纸糊的道具。嫖客们沉默地来来往往，走在霜化后湿漉漉的小径上，脚步声轻得仿佛没有穿鞋。我没有任何欲望，只有不安催促着我，就像闹着要点心的孩子一样。

"哪里都好，哪里都好啦。"

"来嘛，快来嘛……"我想逃离女人们故意装出的喘息声。

"那家的妓女很危险。看到了吗？那种长相。那边会比较安全。"

"长相这种事情无所谓的。"

"既然如此，我就要那个更漂亮的了哦。以后可别怨我。"

——我们一靠近，两个女人就像被附身了一样站起来。这是一间很小的房子，站直身子就快要碰到屋顶了。一个高大的女人笑着将我引到一间三张榻榻米大的小房子里，她说着一口东北方言，笑得露出了金牙和牙龈。

我抱住了女人，为了履行义务。我抱着她的肩膀正要吻下去，她就晃着厚实的肩膀笑了起来。

"不行哦，会沾上口红的，要这样。"

娼妇张开满口金牙、有口红镶边的大嘴，伸出了像棍子一样结实的舌头。我也学着她的样子伸出舌头。舌尖相碰。别人不会知道，没有感觉和强烈的疼痛其实是非常相似的。我全身都因为剧烈的疼痛，并且是完全感受不到的疼痛而麻木。我的头倒在了枕头上。

十分钟后，我确定不可能了，羞耻让我的膝盖颤抖。

那之后的几天里，我假设我的朋友并没有发现，任凭自己陷入如同痊愈般自甘堕落的感情中。就像害怕自己得了不治之症而感到烦恼的人，在确定病名后，反而会享受暂时的安心。尽管如此，他却很清楚，安心只不过是暂时的。而且内心在等待着更加无处可逃的绝望，以及因为绝望而得以永存的安心。我也许同样在内心期待着更加无处可逃的打击，也就是更加无处可逃的安心。

从那以后的一个月里，我和那个朋友在学校里见过几面，都没有提到那件事。一个月过去了,他带着一个也跟我很熟的、好女色的朋友来看我。这个年轻人总是得意扬扬地夸下海口,说自己能在十五分钟之内降服女人。话题终于落到了该落的地方。

"我真是受不了,我自己都拿自己没办法了。"好女色的学生紧紧盯着我的脸说,"如果我的朋友里有阳痿的男人,我还真是羡慕他。何止羡慕,简直是尊敬。"

我朋友一看见我脸色变了,就赶紧转移话题。

"你说过要借我一本马塞尔·普鲁斯特[1]的书吧,好看吗?"

"嗯,很好看。普鲁斯特是个索多玛式的男人,和男仆发生了关系。"

"什么啊,索多玛式的男人?"

我明白,我是在装作不知道的样子,凭借这个小小的疑问,竭尽全力挣扎,试图找到线索来反证我的失态没有被发现。

"索多玛式的男人就是索多玛式的男人嘛。你不知道吗?就是好男色的人。"

"我第一次听说普鲁斯特是这样的人。"我感觉自己的声音在颤抖。只要展现出愤怒,就能给对方明确的证据。对于能忍受

---

[1] 马塞尔·普鲁斯特:二十世纪的法国小说家,最著名的作品是自传体小说《追忆逝水年华》。

如此可耻的表面平静的自己，我感到说不出的恐惧。那位朋友很明显已经发现了，大概是我的错觉吧，他刻意避开不看我的脸。

晚上十一点，令人憎恨的访客离开了，我把自己关在房间里一夜未眠。我在抽泣，最后，和往常一样鲜血淋漓的幻想造访并安慰了我。比任何事物都更亲近，残忍而不道德的幻影战胜了我。

我需要慰藉。我频频参加旧友家的聚会，尽管我清楚只会留下空虚的对话和扫兴的余味。和大学的朋友不同，这些聚会上的人都是会说场面话的人，这反而让我觉得熟悉。那里有格外装腔作势的大小姐，有女高音歌手和未来的女钢琴家，有刚结婚不久的少妇。聚会上可以跳舞，喝些小酒，玩些无聊的游戏，还会玩多少有些色情的捉迷藏，有时会一直持续到天亮。

黎明时分，我们跳着跳着舞就困了。为了消除困意，我们会丢下几个坐垫，以音乐突然停止为信号，围成一圈的舞蹈队形一哄而散，一男一女为一组坐在坐垫上，没抢到坐垫的一个人要表演自己的绝活。原本站着跳舞的人们要互相推搡着坐在坐垫上，所以现场一片混乱。玩上几轮之后，女人们也不再注意形象了。最美的小姐在推搡中摔个屁股墩时，裙子卷到了大腿上，也许她有些醉了，并没有发现，依然在笑着。大腿上的肉白得发亮。

如果是以前的我，应该会凭借任何瞬间都不会忘记的演技，模仿其他年轻人的习惯，立刻移开目光，就像在对欲望置之不理。不过从那天以来，我已经不再是以前的我了。我没有任何羞耻心，是说我完全不会为了自己没有与生俱来的羞耻一事感到羞耻，我紧紧盯着她白皙的大腿，就像盯着一个物件。突然，凝视带来的被收敛的痛苦降临在我身上。那痛苦告诉我："你不是人，你的身体无法与人交往。你是某种奇妙的可悲生物，无法成为人。"

正巧在这时，我要准备官吏录用考试，这让我尽可能沉溺在枯燥无味的学习中，自然而然远离了身心痛苦的事情。不过，这也只在开始有效。随着那一夜的无力感渐渐渗透进生活的各个角落，我经常连着好几天郁郁寡欢，什么都不想做。我必须证明自己能做些什么，这样的想法日渐强烈，如果无法证明，我将活不下去。虽说如此，我依然找不到与生俱来的背德手段。纵然始终保持稳健的形式，这个国家也不会有机会满足我异常的欲望。

春天来了，疯狂的焦躁在平静的外表下越积越多。仿佛是季节本身对我抱有敌意，就像夹杂着沙粒的狂风表现出来的那样。每当有车从我身边开过，我都会在心中高声斥责："为什么不从我身上碾过去？"

我愿意让自己承受强制性的学习和生活。在学习的间隙走在街上，我好几次都感到有怀疑的目光注视着我充血的眼睛。在别人眼里，我每天都过着严谨正直的生活，然而我却在自甘堕落、放荡、看不到明天的生活与无比酸涩的怠惰中，尝到了极具侵蚀性的疲劳。然而，在春天即将结束的某个午后，我坐上了都营电车，一股令人窒息的凛冽悸动冷不防地向我袭来。

因为，我从站着的乘客之间，看到了对面座位上有园子的身影。稚嫩的眉毛下，她的眼睛坦率谦恭，有着无以言表的深深柔情。我差点站起身来。一名站立的乘客松开吊环，开始向出口走去。我看清了那女人的脸，不是园子。

我的心中依然波涛汹涌。刚才的悸动很容易被解释成单纯的惊讶，或者是内疚，可是这种解释无法改变那一刹那间的感动是多么纯洁。在那一瞬间，我回忆起三月九日在站台上看到园子时的感动，这次的感动与那时如出一辙，正是同样的感动，就连那种宛如被击败的悲伤也是相似的。

这些琐碎的记忆成为无法忘却的东西，在此后的几天里让我明显动摇了。不该是这样的，我不应该依然爱着园子，我应该是无法爱上女人的。这样的反省却激起了反抗。明明直到昨天为止，这样的反省还是唯一忠实于我的顺从的东西。

就这样，回忆突然在我体内重新掌权，这次武装政变以露骨的痛苦形式出现。我在两年前就应该已经整理好的"琐碎"记忆，宛如长大成人后出现的私生子，在我眼前以异乎寻常的庞大姿态苏醒了。它并非我偶尔会虚构出的"甜美"样子,也并非我事后为方便整理而采取的"事务性"的样子,在回忆的各个角落,被一个明确而痛苦的状态所贯穿。如果它是悔恨,则将让我发现众多前人经受过的道路。然而这种痛苦甚至并非悔恨,而是某种异常清晰的痛苦,仿佛我站在窗口,被强迫着低头俯视将街道切割开来的炽烈的夏日阳光一般。

某个阴雨绵绵的午后,我办完事,在平时不熟悉的麻布町散步,身后有人呼唤我的名字。是园子。当我回过头发现是她的时候,并没有像在车里把其他女人当成她时那般惊讶。这次邂逅是如此自然,我感觉自己仿佛预知了一切,仿佛在很久以前就已经知晓这个瞬间。

她穿着一条有花卉图案的连衣裙,除了胸前的蕾丝花边之外没有任何装饰,就像时髦的壁纸,完全看不出已经身为人妇。她手里提着水桶,看起来刚从配给中心回来,身后还跟着一个提着水桶的老妇。她让老妇先回去了,边走边和我聊天。

"你瘦了些啊。"

"嗯,因为要复习考试。"

"这样啊,可不要疏忽了健康啊。"

我们沉默片刻。在战火中幸存的宅院外,微弱的阳光洒在冷清的道路上。一只浑身湿透的家鸭,从一间房子的厨房里晃晃悠悠地走出来,从我们面前走过,沿着水沟走向对面。我感到了幸福。

"你现在在看什么书?"我问她。

"小说?《各有所好》[1],还有……"

"看过A吗?"

我提到了现在正流行的小说A的名字。

"那个裸女的吗?"她说。

"嗯?"我惊讶地反问。

"讨厌啦……我说的是封面上的画。"

——两年前,她是绝不能当面说出"裸女"这种话的。从这些细微的言语之中,我痛苦地明白园子已经不再纯洁。走到街角时,她站住了。

"我家从这里拐弯,走到尽头就是。"

因为离别很痛苦,所以我垂下眼睛看向水桶。阳光洒在水桶中,里面装满了魔芋,就像在海水浴时被太阳晒黑的女人的肌肤般顺滑。

"阳光太强的话,魔芋会坏的。"

"就是啊,我责任重大。"园子提高声音,带着鼻音说。

"再见。"

---

[1] 《各有所好》:谷崎润一郎的长篇小说作品。

"嗯，保重身体。"她转过身去。

我叫住了她，问她会不会回娘家。她漫不经心地说，下个周六会回去。

和她分开后，我注意到一件之前没有注意到的事情。今天的她，看上去已经原谅了我。她为什么会原谅我呢？还有比那种宽容更严重的侮辱吗？可是如果能再次直面她的侮辱，说不定我的痛苦也能够痊愈。

我殷切地期盼周六的到来。恰好，草野从京都的大学回家。

周六下午，我去找草野聊天时，开始怀疑自己的耳朵。我听到了钢琴声。钢琴的音色已经不再稚嫩，而是带着丰满与放荡不羁，充实又闪闪发光。

"是谁？"

"是园子。她今天回来了。"

草野回答，他什么都不知道。所有回忆都带着痛苦一一回到我的心里。当时我委婉拒绝后，草野再也没有提过那件事，我从中感受到了浓浓的善意。我想找到证据，证明园子那时曾经痛苦过，哪怕只有一点，想找到某种与我的不幸相对应的东西。可是，"时间"如同杂草一般，又一次在草野、我和园子之间茂盛地生长，禁止我们不假思索、不经修饰、不加顾虑地表达情感。

钢琴声停下了。草野照顾到我的心情，询问要不要带她过来。不一会，园子和哥哥一起走进房间。我们三个说着园子丈夫所在的外交部的熟人们的八卦，没有意义地笑起来。草野被母亲叫走了，于是就像两年前的某一天一样，只剩下我和园子两个人。

她像个孩子一样，骄傲地告诉我，在她丈夫的努力下，草野家得以免于被接管。从她少女时代开始，我就喜欢她自夸的样子。过分谦逊的女人和高傲的女人一样缺乏魅力，园子大方的自夸则恰到好处，洋溢着天真、招人喜欢的女人味。

"那个，"她安静地继续说，"有件事我一直想问你，却直到今天都没问出口。我们为什么不能结婚呢？我从哥哥口中听到你的答案之后，我都不明白这个世界是怎么回事了，我每天都在想，却依然搞不明白。直到现在，我依然不明白，我为什么不能和你结婚……"她好像在生气，脸上带着一丝红晕看着我，她一边侧过脸，一边用朗诵的语气说，"你讨厌我吗？"

根据理解的方法不同，这种单刀直入的问话可以当作不过是例行的询问，而我的心里却涌起了一种剧烈而凄惨的喜悦。不过，这种不合理的喜悦立刻变为痛苦。那是一种着实微妙的痛苦。除了本来的痛苦之外，重提两年前的"琐碎"经历竟让我如此心痛，这种感觉同样伤害了我的自尊心。我希望在她面前是自由的，却依然没有自由的资格。

"你对这个世界依然一无所知，不谙世事也是你的优点。不过啊，在这个世界上，相互喜欢的人不一定都能结婚，就像我给你哥哥的信里写到的那样。而且……"我觉得自己就要说出软弱的话了，我想闭嘴，却没办法停下，"……而且，我从来没有在那封信中明确地写过不能结婚。我才二十一岁，还是个学生，结婚实在是太早了。结果就在我磨磨蹭蹭的时候，你早早地结婚了。"

"那我也不可能有后悔的权利啊。我丈夫是爱我的，我也爱着我的丈夫。我真的很幸福，不会再期待更多了。不过，我偶尔会想象，大概是不好的吧……该怎么说呢，我会想象另一个我在过着另一种生活。一想到这些，我就弄不明白了。我害怕得不得了，感觉自己在说些不能说的事情，在想些不该想的事情。这种时候，我丈夫就会格外可靠。他把我当成小孩子一样宠着。"

"虽说听起来像是自恋，不过我还是说出来吧。那种时候，你是恨我的，非常恨。"

——园子甚至不知道什么是"恨"。她温柔又认真地闹着别扭说："随你怎么想吧。"

"我们能不能再单独见一次面？"我仿佛被什么东西催促一样哀求她，"这不是什么值得内疚的事情，我只要看看你的脸就够了。我已经没有说任何话的资格了，什么话都不说也没关系，只要给我三十分钟就够了。"

"见了面又能怎么样呢？如果我同意见你一面，你难道不会要求再见一面吗？我婆婆很啰唆的，我每次出门她都要问清楚去哪里,什么时候回来。在这么不自由的条件下见面,说不定……"她欲言又止,"……人心这东西,谁都说不准会怎样改变。"

"这种事谁都说不准。不过你也太小题大做了,和以前一样。为什么不能把事情想得更光明正大,更清白一些呢?"我撒了一个弥天大谎。

"……男人这样是没问题,可是已经结婚的女人不能这样。等你有了妻子之后,一定会变的。我觉得考虑事情再怎么慎重都不为过。"

"简直就像在听大姐姐的说教。"

——草野走进房间,打断了我们的对话。

即使是在这次对话中,我心中依然不断涌起疑问。我发誓,我想见园子的心情绝对是真的。然而,其中显然不存在任何肉体欲望。想见面的欲望属于何种欲望呢?这种热情明显并非肉欲,难道不是自我欺骗吗?就算那是真正的热情,难道不是在卖弄式地煽动本可以轻易压下的微弱火焰吗?这不是明明白白的悖理吗?

可是我又在想,如果人们的热情拥有站在一切悖理之上的力量,那么就不能断言,它没有站在自身悖理之上的力量。

在那决定性的一晚之后，我巧妙地在生活中避开了女人。自从那个夜晚之后，不要说能激发肉欲的Ephebe的嘴唇了，我甚至没有碰到任何一个女人的嘴唇，就算碰到不接吻反而会失礼的局面也同样如此。——春天倒还好，夏天的到来越发威胁到我的孤独。盛夏仿佛扬鞭抽打着我肉欲的奔马，烧毁我的肉体，折磨我的肉体。为了自保，我有时不得不一天犯下五次"恶习"。

赫希菲尔德的学说让我得以启蒙，他将倒错现象解释为单纯的生物学现象。那决定性的一晚是理所当然的归结，并非什么值得羞耻的归结。在想象中对Ephebe的纵欲，过去从来没有指向pedicatio[1]，研究者们将其固定为某种形式，证明了其拥有几乎同等程度的普遍性。在德国人中，像我这样的冲动并不稀奇。普拉顿[2]的日记就是最明显的一个例子，温克尔曼[3]同样如此。在文艺

---

1 pedicatio：拉丁语，男色。
2 普拉顿（1796—1835）：德国诗人，据说是古代贵族的后代。受到歌德等浪漫派诗人的影响，将浪漫的新市民感情融入了典雅的古典诗歌形式中。他赞颂男性美，为同性爱而烦恼，晚年移居意大利，最终客死西西里。
3 温克尔曼（1717—1768）：德国美学家、美术史学家。因为憧憬古希腊罗马的美术而移居意大利，研究只剩下古董的遗迹，考察其创作的根源，探究各民族风土与精神力量的关系，为古典考古学、美术史学打下基础。著有《古代美术史》。

复兴时期的意大利,米开朗琪罗明显和我有着同一系列的冲动。

可是,这种科学上的理解并不能整理好我的内心生活。在我这里,倒错之所以难以成为现实,只是因为它仅仅停留在肉体的冲动、徒然的叫喊和喘息中,停留在阴暗的冲动阶段。就连从我喜欢的Ephebe来看,也只停留在激起肉欲的阶段。如果用肤浅的说法,那就是我的灵魂依旧为园子所有。我并非简单地相信中世纪那种灵肉相克的图表,只是为了方便解释才这样说的。在我身上,这二者的分裂单纯而又直接。我把园子当成了我对正常的爱,对灵的爱,对永恒之物的爱的化身。

可是,问题并不会因此而解决。感情不喜欢固定的秩序,而是喜欢像乙醚中的微粒一样自由自在地游动、漂浮或颤抖。

……一年过去了,我们清醒了。我通过了官吏录用考试,大学毕业后在某官厅就职,担任事务官。在这一年里,我们每隔两三个月就会创造出机会,在白天若无其事地见上一两个小时,然后再若无其事地分开。有时装作偶然,有时找一个不太重要的借口。仅此而已。我举止坦荡,被谁看到都不会觉得不好意思。园子也只会说些过去的事,小心翼翼地揶揄各自现在的环境,绝不越雷池一步。我们当然是有关系的,不过这种程度的交际甚至称不上有交情。见面时,我们也只会考虑如何果断地分开。

我只需要这样就满足了。不仅如此,我还会对某种东西表示感谢，感谢这种随时都可能会断绝的关系中所拥有的神秘和丰富。我没有一天不在想园子，每次相逢都会感到安静的幸福。相逢时微妙的紧张和纯洁的匀整遍布生活的各个角落，仿佛给生活带来了甚是脆弱却极为透明的秩序。

然而，一年过去了，我们清醒了。我们已经不住在儿童房了，早已进入大人的世界，在那里，只能开到一半的门必须立刻修理。我们之间的关系就像只能开到一定程度就再也打不开的门，早晚都需要修理。不仅如此，大人是无法忍受孩子气的单调游戏的。我们经历过的几次见面，也不过是同样大小同样厚度的规规整整的东西，就像能完全重合的歌牌一样。

尽管是这样的关系，我依然从中圆满地体会到了只有我明白的不道德的喜悦。那是比世间常有的不道德更微妙的不道德，是如同精妙的毒药一般纯洁的道德败坏。我的本质，我的第一义是不道德，其结果就是，道德的行为、问心无愧的异性交往、光明正大的过程、被看作节操高尚的人，这些事情反而暗藏着违背道德的滋味，带着宛如恶魔般的味道来奉承我。

我们共同伸出手来支撑着某种存在，可是那种存在是一种类似于气体的物质，信则有，不信则无。乍一看，支撑的工作是朴素的，实际上是需要周密计算才能解决的。我诱使园子来做这项危险的工作，让人为的"正常"出现在那个空间中，在每一个瞬间支撑几乎架空的"爱"。她成为这项阴谋的帮凶，看起来一无所知。因为一无所知,她的帮助才是有效的。不过,等时机成熟后,园子也会模模糊糊地感觉到这种难以名状的危险,感觉到与世间常有的粗糙的危险完全不同,拥有某种准确密度的危险根深蒂固的力量。

夏末的一天里,园子从位于高原的避暑地回来后,与我约在"金鸡"餐厅见面。刚一见到她,我就说出了从政府机关辞职的经过。

"你以后打算怎么办呢?"

"顺其自然吧。"

"真没想到。"

她没有继续深究。我们之间已经形成了这样的礼节。

高原的阳光炽烈,园子胸前的皮肤失去了曾经炫目的白皙。由于酷暑,她戒指上的大珍珠蒙上了一层无精打采的暗淡光泽。她提高声音时,语调中原本就拥有夹杂着哀切与倦怠的音乐,听起来与现在这个季节格外相称。

很长一段时间里,我们又开始进行没有意义、只是在兜圈子、不认真的对话。大概是因为天气炎热吧,这些对话有时会显得毫无进展,我仿佛在听别人的对话。这种心情就像刚刚睡醒时,由于不想从美梦中醒来,焦急地努力想要重新入睡,却无法唤回美梦。我发现,那令人扫兴、不断逼近的觉醒的不安,那将醒未醒的梦境空虚的愉悦中,有某种犹如恶劣的病菌般侵蚀我们内心的情景。就像事先商量好的一样，疾病几乎同时进入我们心中。它起到了反作用，让我们变得开朗。我们互相开着玩笑，就像被对方的话追赶着一样。

园子梳着高高耸起的优雅发型，稚嫩的眉毛、温柔水灵的眼睛和略厚的嘴唇与往常一样充满宁静，尽管晒黑后的样子多少打扰到了它们的静谧。餐厅里的女客人一边看着她一边从桌旁走过。服务员端着银盘子在餐厅中来来往往，盘子上放着一只巨大的冰天鹅，背上装满了冰水果。她用闪耀着戒指光辉的手指，悄悄按响了手提包的塑料按扣。

"已经觉得无聊了吗？"

"怎么说这种话，真讨厌。"

我从她的语调中听出了某种神奇的倦怠，说是"艳丽"也不会有太大差距。她看向窗外夏季的街景，慢条斯理地说："我有时会弄不明白。我们像这样见面是为了什么？虽然这样想着，可是依然会继续见面。"

"因为就算不一定是没有意义的正数，至少不是没有意义的负数吧。"

"我是有丈夫的人。就算这是没有意义的正数，我也没有让正数存在的余地啊。"

"真是死板的数学啊。"

——我明白，园子终于来到了怀疑的门口。我开始感到，这扇只开了一半的门不能继续维持原状了。现在，这种所谓一丝不苟的敏感，是我和园子之间最大的共鸣。什么事情都可以放着不管的年龄，我还相去甚远。

尽管如此，我那难以名状的不安依然在不知不觉中传染给了园子，而且或许只有这种不安的心情，才是我们唯一共同拥有的东西，突然间，我仿佛即将看到明证。园子又开了口，我没有听，可是我的嘴却给出了轻率的答案。

"你觉得我们这样下去会变成什么样？不觉得会被逼到进退两难的境地吗？"

"我尊敬你，无论对谁都问心无愧。朋友之间为什么不能见面呢？"

"以前确实是这样，正如你所说。我觉得你是个高尚的人。但是以后的事情我就不知道了。我们明明没有做任何羞耻的事情，可是不知道怎么回事，我却做了噩梦。每当那时，我就会觉得是神明在为未来将要犯下的罪而惩罚我。"

"未来"这个词带着肯定的回响，令我战栗。

"我觉得这样下去，总有一天会让我们两个都感到痛苦。等感到痛苦的时候不就晚了吗？因为，我们正在做的事情，不就是玩火吗？"

"你觉得玩火是指什么？"

"什么样的情况都有吧。"

"我们在做的事情可以归入玩火吗？倒像是玩水吧。"

她没有笑。说话间，不时会抿紧嘴唇，甚至都扭曲了。

"最近，我开始觉得自己是个可怕的女人，我只觉得自己是个精神肮脏的坏女人。除了丈夫之外，做梦都不该去想别的男人。我决定了，今年秋天要接受洗礼。"

我听着园子半自我陶醉式的懒散表白，反而揣度出了她潜意识中的欲求，她想要循着女人心的悖论，说出不该说的话。我没有权利因此而欣喜，也没有资格因此而悲伤。我原本就对他的丈夫没有丝毫嫉妒，又该如何运用、否定或者肯定这种资格和权利呢？我沉默不语。在盛夏时节，看着我苍白瘦弱的手，我感到绝望。

"刚才是怎么了？"

"刚才？"

她垂下了眼睛。

"你刚才在想谁？"

"……我丈夫啊。"

"那就没必要接受洗礼。"

"有必要……我很害怕，我心里还是特别动摇。"

"那么，现在怎么样？"

"现在？"

园子抬起一本正经的目光，不知向着谁询问着。她的眼中拥有罕见的美丽，深邃、一眨不眨、充满宿命感，总是在歌唱感情的流露,发出泉水般的声音。面对这双眼睛,我总是说不出话来。我狠狠将抽了半截的烟头摁灭在远处的烟灰缸里。然后,脆弱的花瓶倒下,在桌子上留下一摊水迹。

服务员过来处理洒出的水。看着他擦拭被水弄皱了的桌布,我心中涌起一股悲凉的情绪。这是个机会,能让我们早一点离开餐厅。夏天的街道人山人海,令人烦躁。健康的情侣昂首挺胸,袒露着手臂从我们面前走过。我从一切事物中感受到了侮蔑,侮蔑如同夏日灿烂的阳光一般灼伤了我。

再过三十分钟,我们分别的时刻就要来临了。很难说是离别的痛苦,一种容易被误认为是热情的阴暗的神经性焦躁涌上心头,让我想用油画颜料般浓厚的涂料,将这三十分钟彻底覆盖。我在跳舞场前停下了脚步,扩音器将跑调的伦巴音乐撒向街道。因为我突然想起了以前看过的一句诗。

……然而尽管如此

那种就是没有尽头的舞蹈

其余的内容我已经忘了。应该是安德烈·萨尔蒙[1]的诗句。园

---

1 安德烈·萨尔蒙(1881—1969):法国诗人、艺术评论家和作家。

子点了点头,为了跳三十分钟的舞,她跟着我来到了不熟悉的跳舞场。

跳舞场里一片混乱,都是为了跳舞擅自将午休时间延长一两个小时的常客。热气扑面而来,本来就不完善的通风装置,再加上遮挡阳光的厚重窗帘,场内淤积着令人喘不上气的暑热,光线映照下,如雾气一般的灰尘阴沉沉地飘动着。客人们一边挥洒着汗水、廉价香水和廉价发蜡的气味,一边无动于衷地跳舞,不用说也能知道他们的层次。我后悔带园子来这里了。

可是,现在的我无法回头。我们无精打采地分开舞动的人群进入跳舞场。几台稀稀拉拉的风扇也并没有送出像样的风。舞女和穿着夏威夷衬衫的年轻人翩翩起舞,汗津津的额头贴在一起。舞女的鼻翼黑乎乎的,粉底和着汗水变得颗粒分明,像疙瘩一样。长裙的后背湿透了,比刚才的桌布还要肮脏。我们才跳了几步,汗水就流到了胸口。园子呼吸急促,仿佛喘不上气来。

我们想去外面透透气,于是穿过缠绕着过季假花的长廊来到中庭,坐在粗糙的椅子上休息。这里尽管有新鲜的空气,可是混凝土地面反射出阳光,强烈的热气甚至扑向了位于阴影中的椅子。可口可乐的甜味令口中黏腻,我曾感到的那来自所有一切的污辱的痛苦,让园子也沉默了。我无法忍受这股沉默持续下去,于是将目光移向周围。

一个胖胖的姑娘懒洋洋地靠在墙上,用手帕扇风。摇摆舞乐队正在演奏仿佛能压倒一切的快步舞。中庭里，盆栽的枞树歪倒在干裂的土壤上。阴凉处的椅子坐满了人，阳光下的椅子却没什么人愿意坐。

可是，只有一群人坐在了阳光下的椅子上，旁若无人地谈笑风生。他们由两个姑娘和两个青年组成。一个姑娘用不熟练的姿势拿着香烟，装模作样地放在嘴边，每抽一口都会轻轻咳嗽几下。两个姑娘都穿着似乎是由浴衣做成的奇怪连衣裙，手臂裸露在外。那双手臂红红的，就像渔夫女儿的手臂，到处是虫子咬过的痕迹。青年每说一个粗鄙的笑话，她们都会面面相觑，然后装腔作势地笑笑，似乎并不在乎洒在头发上的炽烈的盛夏阳光。其中一个年轻人长相阴险，脸色有些苍白，穿着夏威夷衫，不过他的胳膊很健壮，嘴角不时浮现出若隐若现的猥琐笑容。他用手指戳了戳女人的胸脯，引来一阵笑声。

剩下的一个人吸引了我的目光。他是个二十二三岁的年轻人，浅黑色的面孔粗野却端正。他半裸着上身，肚子上围着一条褪了色的浅灰色腹带，已经被汗水濡湿了。他加入朋友们的对话和欢笑中，同时不停地在慢条斯理地重新围好腹带，仿佛是故意的。裸露的胸膛上，壮实紧致的肌肉隆起，肌肉间有一条立体的深沟，从胸膛中央一直延伸到腹部。侧腹窄窄的一条肌肉就像粗绳结一样，从左右两边横穿而过。那光滑而火热的胴体沉甸甸的，被有些脏的褪色腹带紧紧勒住。阳光下，半裸的肩膀像涂了油一样闪闪发光。腋窝下溢出的黑色草丛在阳光下卷曲,散发着出金色的光芒。

看到这副胴体,特别是看到紧致的手臂上的牡丹刺青时,情欲向我袭来。我热烈的目光固定在那具粗野野蛮却无比美丽的肉体上。他在阳光下欢笑,仰起脖子时,能看到隆起的粗壮喉结。一股奇怪的悸动在我心底游走,我已经无法从他身上移开目光了。

我忘记了园子的存在。我只能思考一件事,那就是他走在盛夏的大街上,赤裸着上身与无赖流氓们战斗。锋利的匕首刺穿那条腹带,刺入他的胴体,那条肮脏的腹带被鲜血染上了美丽的色彩。他鲜血淋漓的尸体被放在门板上,再次抬到我面前。

"还剩五分钟。"

园子尖锐哀切的声音穿透了我的耳膜。我带着不可思议的表情转向园子。

在那个瞬间,我体内的某种东西被残酷的力量撕成了两半。如同一道惊雷落下,将活生生的树木劈成两半。我听到了此前耗尽心力搭建的建筑,凄惨地崩塌时发出的声音。我仿佛看到了自己的存在正被某种可怕的"不在"替换的刹那。我闭上眼睛,转瞬间紧紧抓住了冰冷的义务观念。

"还剩五分钟了啊。带你到这种地方来,真对不起。你没生气吗?你这样的人是不该看到那种下等人卑劣的样子的。听说是因为这家跳舞场入场的控制方式不好,尽管一再拒绝,那种人还是会来免费跳舞。"

可是,看到那些人的只有我,她并没有在看。她的教养教会了她不要看不该看的东西。她只是远远望着一排跳舞跳到汗流浃背的人而已。

虽说如此,这里的空气依然在不知不觉间让园子的心里起了某种化学变化,终于,她恭谨的嘴角边露出了笑意,仿佛在说出什么话之前要先用微笑试探。

"我想问你一个奇怪的问题,你已经做过了吧?当然是指你知道的那件事。"

我筋疲力尽。然而内心中依然存在着像弹簧一样的东西,令我间不容发地做出了一本正经的回答。

"嗯……你知道了啊。很遗憾。"

"什么时候?"

"去年春天?"

"和谁?"

——她优雅的问题让我愕然。她一心以为我会与她知道名字的女人结合。

"名字我不能说。"

"是谁?"

"不要问了。"

也许是我语气中的哀求太露骨，她瞬间沉默了，像是吓了一跳。我用尽一切努力，只为了不让她发现我脸色苍白。我苦苦等待离别的时刻。庸俗的布鲁斯反复揉捏着时间。我们听着扩音器中传来的伤感歌声，一动不动。

我和园子几乎同时看了看表。

——时间到了。我起身时再次偷偷看向阳光下的椅子。那一群人大概是去跳舞了，空空如也的椅子被抛弃在阳光下，不知什么饮料洒在桌子上，反射出刺目的强烈光芒。

一九四九年四月二十七日